海賊のツガイ

天野かづき

22316

角川ルビー文庫

目次

口絵・本文イラスト／蓮川 愛

冷たい秋風が吹《ふ》き始めた十月の終わり。

篠原冬弥《しのはらとうや》はマンションの自転車置き場に自転車を置くと、エントランスへと足を踏《ふ》み入れる。すでに時刻は午後十時を過ぎていた。管理人室の電気はとうに消えている時間だが、エントランスには煌々《こうこう》と明かりが灯《とも》っている。

いつもならもう少し早く帰れるのだが、今日は人手が足りず残業になってしまった。冬弥はフリーターで、現在はファミリーレストランのキッチンで働いている。

まだ始めてから一ヶ月程度だが、仕事には随分《ずいぶん》慣れてきたと思う。別の店だが、高校時代にも一度ファミリーレストランで働いていたことがあり、なんとなく勝手が分かっていたせいもあるだろう。

だから、できることなら辞《や》めたくはなかったが……。

ため息を吐《つ》きつつ、かぼちゃの飾《かざ》りの並んだ管理人室のカウンターの前を通り過ぎ、郵便受けへと向かう。

暗証番号を押して、郵便受けの蓋《ふた》を開けた冬弥は、中に入れられていた妙《みょう》に膨《ふく》らんだ封筒《ふうとう》を見て眉《まゆ》を顰《ひそ》めた。

「またかよ……」

宛名《あてな》の書かれていない、茶封筒だ。自室に持ち込む気にはとてもならない。一昨日《おととい》届いたものには、精液の入ったコンドームが詰《つ》められていた。どうせ、これも入っているものは大して変わらないだろう。

明日《あした》にでも交番に持っていこう。

そう考えて、封筒には触《ふ》れることもせず、他《ほか》のダイレクトメールやちらしを手に取る。ざっと内容を確認《かくにん》しつつ、設置されているゴミ箱に捨てた。

重い足取りでエレベータホールへと向かう。こういったことがあると、一人の部屋に帰るのはますます憂鬱《ゆううつ》だった。

――冬弥にはストーカーがいる。

証拠《しょうこ》はないが、おそらくあいつだろうという当たりはついている。

佐々木《ささき》という男で、歳《とし》は二十代前半くらいか。出会ったのは三ヶ月ほど前、運送会社でバイトをしていたときだ。名前を知っているのは、配送先の客だったからである。

最初会ったときから、なんとなくまずいような気はしていた。何が、と問われればはっきりとは言えないが、自分を見る目が異様に熱を帯びているように思えたのだ。しばらくして、このところ毎日のように配送があるな……と思っていたら案の定である。

配達に行ったところ、そのまま室内へと連れ込まれそうになり、あわやというところで逃《に》げ出した。配達員の腕力《わんりょく》を舐《な》めないで欲しい。体格的には標準よりも小柄《こがら》なため、侮《あなど》られたのだろうが、これでもそれなりに腕力はあるほうだ。もっとも、佐々木があまり腕力のあるタイプではなかったというのも、大きかったけれど……。

正直な話、この手のことはいくらでもあった。

中学時代の終わりあたりからだろうか？　相手は男女問わずで、ただ好意を伝えられることもあったが、セクハラを受けたり痴漢《ちかん》に遭《あ》ったりすることも多く、ストーカーのようになってしまう相手も初めてではない。冬弥は人の好意を受け止めることが苦手になりつつあった。思えば、以前は両親が防波《ぼうは》堤《てい》になってくれていたのだろう。また二人の愛情のおかげで、ひどい目に遭おうとも、人の愛情を信じられていたのだとも思う。

他人から過剰《かじょう》な好意を向けられても、冬弥はモテるな、さすが母さんの子だ、いいえあなたの息子《むすこ》だもの……などといちゃいちゃされては気が抜《ぬ》けるというものだ。

二人が生きていた頃《ころ》は、そんなやり取りに助けられていたなんて、気づいていなかったけれど……。失ってから気づく、というのはやはり至言なのだと思う。

今も両親が生きていてくれたらなと、詮《せん》もないことを考えてしまい冬弥は苦い笑《え》みを浮《う》かべる。もう、三年も経《た》つというのに……。

冬弥の両親が亡《な》くなったのは、丁度三年前の秋だった。原因は交通事故。二人は一緒《いっしょ》に旅行に行っていて、その途中《とちゅう》の事故だった。遊歩道を歩いていた二人に、自動車が突《つ》っ込んだのだ。

二人はずっとラブラブで、結婚《けっこん》記念日近くの土日には必ず旅行に行っていた。家族旅行ではなく、夫婦《ふうふ》二人の旅行になったのは、冬弥が中学三年のときからだ。

二人だけで行けと言い出したのは冬弥で、最初は淋《さび》しいじゃないかと言っていた両親も、満《まん》更《ざら》でもなさそうで……。

けれど、こんなときは一緒に行っていればよかったと思う。

自分だけが、この世に残されるくらいなら……。

事故が起きたとき、冬弥は高校三年で受験を控《ひか》えており、気を遣《つか》った両親は、今年だけは旅行もしないでおこうと話し合っていたようだ。

いいから行ってこいと、中学受験のときも大丈夫《だいじょうぶ》だったのだからと、どうして言ってしまったのだろう？

あのとき、ありがとうと頷《うなず》いておけば、両親はあんな事故に遭わずにすんだのに……。

もう三年が経つというのに、両親への思いは募《つの》るばかりだ。

両親が亡くなったあと、冬弥は大学受験に失敗した。そのあとは、予備校へ通うような気力もないまま、フリーターとして生きている。

両親の保険金と慰謝料《いしゃりょう》、残してくれた部屋があるため、今のところ金銭的にはなんの不自由もない。

それでも家でただぼんやりとしていては自分がだめになってしまう気がして、バイトを始めたものの、長続きしないというのが現状だった。

どうして、自分はこうなのだろう？　人に好かれると言えば聞こえはいいが、自分を見る人間は誰《だれ》しもが劣情《れつじょう》を抱《いだ》いているような気さえしてくる。

そんなはずがない。自意識過剰だと思おうとしても、こんなことが続いては……。

できることなら、本当は引っ越《こ》しもしたほうがいいのだろうなとは思う。

だが、冬弥が暮らしているのは、分譲《ぶんじょう》マンションのため、おいそれと引っ越すことはできないし、なにより、両親との思い出の詰まった部屋だ。手放したくはなかった。

もちろん、両親が生きていれば、家のことなどどうでもいいから安全な場所に引っ越そうと、言ってくれただろうが……。

考えるとつい、ため息がこぼれた。

だが塞《ふさ》ぎ込んでも仕方ない。とりあえずストーカーに関しては、一度近くの交番にでも相談にいこう。

そう考えながら、エレベータを使って六階に上がると、ジャケットのポケットから鍵《かぎ》を取り出す。

右手側に延びる廊下《ろうか》を歩き、自分の部屋のドアの鍵を開けた。そして、ドアを開け電灯のスイッチに触れようとした、そのときだった。

突然《とつぜん》、強く背中を押され、冬弥は息を呑《の》む。たたらを踏んだものの、どうにか倒《たお》れ込まずに済んだ。

だが、背後からぎゅっと抱《だ》き締《し》められて、ぞっと背筋に悪寒《おかん》が走る。

「冬弥くん……お帰り。今日は遅《おそ》かったんだね」

まだスイッチは押していない。背後でドアが閉まると、視界は真っ暗になった。だが、それが誰の声かはすぐに分かった。——佐々木だ。

「待ちくたびれたよ。ああ、やっぱりいい匂《にお》いがする……」

冬弥は咄嗟《とっさ》に、シューズボックスの上にあるはずのスプレー缶《かん》に手を伸《の》ばした。キーケースに手が当たり、三和土《たたき》に金属の落下する音が響《ひび》く。

それに気を取られたのか、一瞬《いっしゅん》、佐々木の腕《うで》が緩《ゆる》んだ。冬弥はその隙《すき》を逃《のが》さず、ぎゅっと目を瞑《つぶ》ると、息を止めて思いきりスプレーを噴射《ふんしゃ》した。

「ぐぁ……っが……かはっ！」

佐々木が悲鳴をあげ、思いきり咳《せ》き込む。冬弥は手《て》探《さぐ》りでドアノブを下げ、体当たりをするように佐々木を玄関《げんかん》から押し出すと、勢いをつけてドアを閉めた。そして、鍵とU字ロックを掛《か》け、玄関を離《はな》れた。リビングに駆《か》け込み、止めていた息を吸う。多少吸い込んでしまったのだろう、少しのどが痛む。目の端《はし》も痛むが、その程度で済んでよかったと思う。

玄関に催涙《さいるい》スプレーを置いておいてよかった。何かあったときのためにと用意してくれたのは母だったから、少し古くなってはいたと思うが、効果はあったようだ。

そう考えた途端《とたん》、じわりと、痛みのせいだけでなく目尻《めじり》に涙《なみだ》が浮かぶ。

冬弥は震《ふる》える手でスマホを取り出し、警察へと電話をかけ始めた。


「ほんっとうに、すみません！」

ロッカーと、長机、パイプ椅子《いす》が置かれた従業員休憩《きゅうけい》室で、冬弥は深々と頭を下げていた。

室内にいるのは冬弥と店長の平田《ひらた》、そして休憩中だったバイトの先輩《せんぱい》である女子大生の宮野《みやの》だけだ。

「ストーカーかぁ……篠原くんいかにも遭いそう」

「いかにもって」

宮野の言葉に、冬弥は顔を上げつつ、ははは と力なく笑う。隣《となり》にいる平田も困ったように苦《く》笑《しょう》していた。

自宅の玄関で佐々木に襲《おそ》われてから、二日が経っていた。

警察が冬弥のマンションに駆けつけたとき、すでにそこには佐々木の姿はなかったという。

自宅だったマンションはすでに引き払《はら》ってあったらしく、佐々木はまだ捕《つか》まっていない。

警察からは、捕まえたら教えると言われていたが、今のところ連絡《れんらく》はなかった。

そんなわけで、とりあえず夜に出歩くことを避《さ》ける意味もあり、バイトを辞《や》めさせてもらおうと、こうして顔を出したのである。

「そういう事情なら仕方ないけど……残念だな。篠原くん、よく働いてくれてたから」

「ありがとうございます。でも、もし店に来て暴れられたりすると迷惑《めいわく》かけるんで……あと、正直捕まるまであんま夜に外に出たくないってのもあって……」

冬弥の言葉に二人は揃《そろ》って、それはそうだろうというように頷いてくれた。

「早く捕まるといいね」

平田の言葉に、冬弥は深く頷く。

「あ、ストーカーといえばさ、前に友達が言ってたんだけど」

ふと、思い出したというように宮野が口を開いた。

「縁切《えんき》り寺って聞いたことある？」

「はい？　縁切り寺……ですか？」

「そ。そこに行ってお願いすると、悪縁が切れるっていうやつなんだけど、こっから駅の逆側に行ったとこにお寺があるの知ってる？　ちょっとさびれた感じの」

「いえ、俺そっちには行ったことがなくて……そうなんですか？」

「うん。石門があるとこ。行けばすぐ分かると思う。あそこ、実は縁切り寺らしいよ」

「へぇ、あのお寺、そうなんだ？」

平田は寺の存在は知っていたらしく、宮野の言葉に驚《おどろ》いたようだ。

「そうなんですよ。知る人ぞ知るっていうか、わたしも最近聞いたんですけど……」

そう言うと、宮野は自分が聞いたというその寺についての話をしてくれた。

曰《いわ》く、サークルに美人の先輩がいて、バイトの同僚《どうりょう》がストーカーになってしまったのだが、そこにお参りに行ったら、その男は交通事故に遭《あ》ってバイトを辞めることになったのだという。

「それは……すごいですね」

バイトを辞めた、というくらいだからおそらく生きてはいるのだろうが……。

ちらりと見ると、平田の顔もわずかにひきつっている。それを見た宮野は慌《あわ》てたように「本当かは分からないけどね」と付け足した。

「でも、篠原くんのストーカーってマジ悪質だし……まぁ、気が向いたら行ってみれば？」

「そうですね……」

宮野の言葉に曖昧《あいまい》に頷いて、冬弥はもう一度平田に頭を下げると、休憩室をあとにする。

外に出ると、風が思ったよりも冷たく、冬弥は首を竦《すく》めた。自転車の鍵を開け、サドルに跨《また》がる。

そのまま一旦《いったん》は駅へと向かってこぎ出したのだが……。

「……行くか」

そう呟《つぶや》いて、一旦自転車を停《と》めると、今度は駅とは反対側へとハンドルを向ける。向かうのはもちろん、先ほど聞いたばかりの縁切り寺である。

正直、ちょっと効果がえげつないのではないかと思ったが、そんなことを言っていられる状《じょう》況《きょう》でもない。

それに、交通事故とその寺の因果関係がはっきりしているわけでもない。たまたま、そういうタイミングで事故が起きたというだけかもしれないし……。

そう自分自身に言い訳をしているうちに、どうやらここらしいと思える場所へと辿《たど》り着いた。

古びた石門の脇《わき》に、自転車を停める。

紅葉の舞《ま》う境内《けいだい》には、全く人気《ひとけ》がなかった。手水舎《ちょうずや》で手を洗い、鐘撞《かねつ》き堂の脇を通って正面に見えるお堂へと足を向ける。賽銭《さいせん》箱に財布《さいふ》に入っていた小銭《こぜに》を全部入れると、冬弥はパチンと音がするほどの勢いで手を合わせて頭を下げた。

「どーかっ！　お願いしますっ」

あの佐々木という男との縁が切れますようにと、真剣《しんけん》に祈《いの》る。

ついでに、今後おかしな好意を向けてくる人間がいなくなりますように、ともお願いした。

自分が好きになれるような人とだけ、縁があればそれが一番いい。もう、余計な欲望《よくぼう》に晒《さら》されるのはごめんだった。

「これでよしっ、と」

軽く揺《ゆ》すられて、冬弥はハッと我に返る。そして、自分を助けてくれた男を見つめた。

途端《とたん》に、生まれて初めて味わうような衝撃《しょうげき》を受けて、言葉を失う。

水に濡《ぬ》れたやや長めの黒髪《くろかみ》に、藍色《あいいろ》の瞳《ひとみ》。精悍《せいかん》な顔はほどよく日に焼けていて、上半身は引き締《し》まった筋肉に覆《おお》われている。その上、なんだかいい匂《にお》いがした。

これまでの人生で、男に見惚《みと》れたことなど一度もない。だというのにどうしたことだろう？目が離せない。

男のほうも、ただじっと冬弥を見つめていた。

その視線に、徐々《じょじょ》に頬《ほお》が火照《ほて》る。まさか一目惚《ひとめぼ》れ？　男に？　そんなわけがない。ないはずだ。そう思うのに、呼吸が落ち着いても早鐘《はやがね》を打つ心臓は一向に収まらない。溺《おぼ》れていたところを助けられ、命の危機を救ってもらったとはいえ、こんなのおかしい。吊《つ》り橋効果というやつだろうか？　けれどそれは、こんな顕著《けんちょ》に表れるものなのか？

そう考えてから、とにかく礼を言わなければとようやく思い当たり、冬弥は震《ふる》える唇《くちびる》を開いた。

「あの……」

ところが、冬弥の声に男はハッとしたように肩《かた》を震わせると、突然《とつぜん》冬弥を抱き上げる。

「あっ」

横抱きにされ、くらりと頭の芯《しん》が揺れる。心臓の鼓動《こどう》はますます酷くなった。

「お前ら、誰も部屋に近付くんじゃねぇぞ」

男は周囲に向かってそう言うと、歩き出す。男の言葉に、ようやく冬弥は自分たち以外にも大勢の人間が周囲にいたことを知ったが、視線は吸い寄せられるように男へと向かってしまう。

「お前、Ω《オメガ》か？」

「オメガ……？」

名前だろうか？　誰かと勘違《かんちが》いされている？

「いえ、俺は冬弥です……篠原冬弥」

冬弥の答えに、男は戸《と》惑《まど》うようにわずかに眉《まゆ》を寄せたが、足を止めることはなくどこかの部屋へと入った。

そして、ベッドの上に冬弥を降ろすと、ドアの鍵《かぎ》を閉める。

「あ、あの……」

自分の体がびしょ濡れであることを思い出し、冬弥は慌《あわ》ててベッドから降りようとした。咄嗟に、このままでは濡らしてしまうと思ったのだ。なぜベッドにという疑問が湧《わ》いたのはそのあとだ。

「悪いが、逃がしてやれる余《よ》裕《ゆう》はねぇ」

「あっ」

男が、一度は起き上がった冬弥を再びベッドへと押し倒《たお》す。見下ろされ、ドキリと心臓が鳴った。冬弥は無意識に、膝《ひざ》を擦《こす》り合わせる。

「ふ、服を脱《ぬ》がないと、ベッドが濡れるから……」

冬弥の言葉に、男の視線がわずかに和《やわ》らぐ。

「心配せずともすぐに脱がしてやる」

「え、あっ、あのっ……」

水で重くなった上着を脱がされ、薄手《うすで》のニットも首から抜《ぬ》かれた。べったりと張りついたスキニーも、男の力強い手が引きはがすように脱がしていく。

「こ、これはだめ……っ」

下着まで下げられそうになり、思わず抵抗《ていこう》しようとしたが、容赦《ようしゃ》なく剝《は》ぎ取られた。

「きれいな体だ」

「な、何を……あっ」

男の手が、冬弥の肌《はだ》に触れる。頰から首を撫《な》でられただけでびくびくと過剰《かじょう》なほどに体が震える。

それを確かに快感だと認識《にんしき》して、混乱した。どうして、男にちょっと撫でられただけなのに、こんなふうに感じてしまうのか。そして、こんなのはおかしいと思うのに、もっと触れられたいと望んでしまうのか……。

「トーヤと言ったか」

「あ……は、はい」

「俺は、キルクス。お前を俺の番《つがい》にする」

　男は――キルクスはそう言うと、冬弥の唇に、噛《か》みつくようなキスをした。

「んっ……」

　ツガイ？　ツガイとはなんだ？

　何を言われたか分からない。けれど、すぐにそれどころではなくなった。

　キスをするのは初めてだ。少しだけしょっぱいと感じるのは、先ほどの海水のせいだろう。

　そう考えて、すぐに海水のわけがないとも思う。だって自分が落ちたのは、蓮池《はすいけ》だった。だが、先ほど見たのは確かに一面の水で……。

　けれどそんな思考も、すぐにどこかへ行ってしまった。

　キルクスの舌が冬弥の舌を搦《から》め捕《と》る。舌の表面を擦りつけられると、ぞわりと背筋を悪寒《おかん》に似た何かが走った。

　だがいやではない。こんな出会ったばかりの、しかも男に口づけられているというのに……。

　一体自分はどうしてしまったのだろう？

　甘える子犬のような声が鼻を抜けて、恥《は》ずかしいと思うのに止められない。気持ちがいい。

　もっと欲しいと、そう思ってしまう。

　そんなのおかしいのに……。

「ふ、は……ぁっ」

ようやく唇が離《はな》れても、安堵《あんど》するどころか名残惜《なごりお》しさを感じて、手が勝手にキルクスの肩を抱き寄せようとした。

「キスが好きか？」

「わ、かんな……っ」

考えたこともない。

「初めて、した」

「そうか、そりゃあいい」

キルクスの唇が楽しげに笑《え》んで、もう一度重なる。もうしょっぱくはなかった。むしろ、甘いようにすら思う。

「んっ……」

びくりと冬弥が肩を震わせたのは、キルクスの手が足の間に触れたからだ。冬弥の足を割るように、キルクスの膝が入り込んでいる。そうして開かれた足の間。その奥。本来ならば人に触れられるような場所ではない。いや自分でだって触れた覚えなどない場所に、キルクスは迷わず触れる。

「ん、ぁ……っ、んぅっ」

おかしい、と思った。

入り込んできたのは指だろうか。あっさり、と言ってもいいほどに簡単に入り込んできたことにも驚《おどろ》いたけれど、それ以上にこれを快感だと捉《とら》えた自分が信じられなかった。

「ふ、あ、あぁ……っ」

けれど、指を少し動かされただけで、背筋に震えが走る。気持ちがよくて、指をきゅうきゅうと締め付けてしまう。

こんな場所に何かを入れるなんて、考えたこともなかった。なのに、まるでこうされるのが当然だったかのように体が開かれていく。

ゆっくりと唇が離れた。

「キスだけでこんなに濡れるとは思わなかった」

「あっ……」

指を動かされて、ぐちゅりと濡れた音が耳に届く。

これでは、本当に自分が内側から濡れているみたいではないかと思い、すぐにそんなはずがないと否定する。

けれど、指が動くたびに、まるでとろりと中からこぼれ落ちるような、そんな感覚に惑乱《わくらん》する。かき混ぜる指が増えても、痛みはなく、快感だけが増していく。

キルクスの指が、自分の中を出入りしている。それだけのことなのに、そんな場所で、おかしくなりそうなほどの快感を覚えている。

何かを入れられたことなど一度もない場所が、ぐちゅぐちゅと濡《ぬ》れた音を立て、広げられていた。

「や……こんな、の…おかし……ぃ」

逃《のが》れようと身を捩《よじ》ると、その動きを利用されてそのまま俯《うつぶ》せにされた。腹の下に枕《まくら》を入れられて、少し高くされた場所を押し開かれる。

「あ、……んぅっ」

一度は抜けた指を再び入れられて、冬弥はがくがくと膝を震《ふる》わせる。自分が絶頂を迎《むか》えたのだと分かって、愕然《がくぜん》とした。

前に触《ふ》れられることすらなく、ただ指を入れられただけなのに……。

だがキルクスの指は、絶頂の余韻《よいん》に震える冬弥に、容赦することなくそこを広げていく。

「や、あ、あぁ……っ」

どうして、もっと擦って欲しいなどと思ってしまうのだろう？　もっとたくさんかき混ぜて、奥までぐちゃぐちゃにして欲しかった。

キルクスはまるでその望みが分かっているかのように激しく指を動かして、冬弥に快感を与《あた》えてくる。

「だめ…っ、いや…あ、んっ、やめ……っ、おかしく、なる……っ」

ただ広げるだけではなく、少し触れられただけで気持ちがよくて仕方のない場所を、執拗《しつよう》に擦られた。いやだ、やめてと懇願《こんがん》する声は自分でも呆《あき》れるほどに甘い。

「ひ、あっ、あ、あぁ……っ」

　やがて、再び絶頂を迎えて、冬弥はぽろぽろと涙《なみだ》をこぼした。腹の下に入れられた枕は、自分の出したものでぐちゃぐちゃに濡れてしまっていることだろう。

「なん…で……っ、こんな……あ、あ、あっ、中、広がっちゃう……っ」

　もう三本は入っているだろう。中で指を広げられる感覚に、ひくひくとそこが戦慄《わなな》いた。

「そろそろいいか」

　キルクスの指が抜かれて、とろりと、中から何かがこぼれ落ちるのが分かる。

　どうして？　自ら濡れるはずのない場所だ。なのにキルクスが触れると、内側からなにかが溢《あふ》れそうになる。いや、実際に溢れて、そこを濡らし、指の動きを助けていたようだった。

　自分の体は、一体どうなってしまったのだろう？

　おかしいと思う。怖《こわ》いとも思う。

　だが、おかしいのは体だけではなかった。

　命の恩人とはいえ、出会ったばかりの男に触れられて、いやだと思うどころかもっと触れてほしいとすら思っている。

　自分の気持ちが分からない。アイデンティティが、ぼろぼろと崩《くず》れていく気がして、恐《おそ》ろしい。なのに、やめて欲しいとはどうしても思えなかった。

それどころか、欲しくてたまらない。はやく、指ではなく、キルクス自身を入れて中を満たして欲しいと、そんなことまで考えてしまう。

「俺、変だ……、こんな……おか、しい」

「うん？　何がだ？」

キルクスの声に、冬弥は俯せに寝《ね》転《ころ》んだまま首を捻《ねじ》り、背後の男を見る。

「中……欲しくて、たまらないんだ……」

震える場所から、とろりとなにかがこぼれる。

キルクスが小さく息を呑《の》むのが分かった。藍色《あいいろ》の、どこか冷たい色をしているはずの瞳《ひとみ》は、まるで炎《ほのお》が揺《ゆ》らめくように熱を帯びている。

「こんなの、俺、知らない……のに……っ」

「――……ああ、すぐにいっぱいにしてやる」

背後からキルクスが覆《おお》い被《かぶ》さり、冬弥の尻《しり》の間、ひくりひくりと震える場所に、熱いものが押し当てられる。

自分が何を欲《ほっ》しているのか、もうはっきりと分かっていた。

頭の片隅《かたすみ》ではまだ、こんなのはおかしいと疑問を抱《いだ》いているのに……。

「入れて……っ」

こぼれた言葉に呼応するように、ゆっくりと押し入ってくる熱。

苦しいほどの質量に内側を擦《こす》られ、広げられる快感に視界がチカチカと明滅《めいめつ》する。

「あ、すご……おっ…きぃ……」

深い場所までいっぱいに満たされていく。

絶頂がずっと続いているような、そんな気がする。気持ちがよすぎて、頭がおかしくなりそうだった。ぎゅっと足の指が丸まる。

ただ、入れられただけで……。

そう思っていると、ずるずると抜《ぬ》き出されて、冬弥は慌《あわ》てて頭《かぶり》を振《ふ》る。

「あ、あっ、や、抜かないで……っ」

「ああ、こんな気持ちのいい場所から、抜くはずがねぇだろう」

「ひぁ……っ！」

勢いをつけて突《つ》き入れられ、冬弥は濡れた声を上げる。

「や、あっ、だめ……んっ、あっ、あ……あぅっ」

そのまま何度も激しく中を突かれて、快感に体が溶《と》けていくような気さえした。

入れられただけで気持ちがよすぎると思ったのに、こんなの耐《た》えられるはずがない。

「だめ、やだ、あ、おかしくなるぅ……っ」

「いくらでも、なればいいっ」

「ひぁんっ」

自分でも恥《は》ずかしくなるような声をこぼしながら、味わったことのない快感に溺《おぼ》れる。

もうずっとイキっぱなしになっているような気がした。こんな快感があるなんて、知らなかった。

中を擦られて、深い場所まで男のものを嵌《は》められて、それがこんなに気持ちがいいなんて……。

けれど、それが最上の快感ではなく、さらに上があるのだと、冬弥はすぐに知ることになる。

徐々《じょじょ》に抜き差しが速くなり、びくびくと震えることしかできなくなった体を押し潰《つぶ》すように深い場所まで犯《おか》されて……。

そして……。

「ッ……出すぞ」

「あ、ひっ、あぁ————！」

どぷりと、中を濡らされる感覚に、冬弥は大きく目を見開く。

今までで一番の快感。それに飲み込まれる冬弥の項《うなじ》に、熱が灯《とも》る。

痛みだったのかもしれない。けれど、それを知覚することはなかった。ただ、熱いと、そう感じながら、冬弥の意識はゆっくりと闇《やみ》に飲み込まれていった……。

◆

「具合はどうだ？」

随分《ずいぶん》と、久し振《ぶ》りに目が覚めたような、そんな気がした。

訊《き》いてきたのは、意識を失うまで散々自分を抱《だ》いた男に違《ちが》いない。

「……最悪」

考える前に、言葉がこぼれた。キルクスが声を立てて笑う。

一体、自分はどれくらいこの男に抱かれていたのだろう？　途中《とちゅう》何度も意識を失ったが、目が覚めるたびに抱かれた。

ほとんど飲まず食わずで、どれだけ抱き合ったのか……。時折水を与えられた気がしたが、それすらも口移しだった。

ずっと、性的なことを忌避《きひ》していたのに、流されるどころかむしろ積極的に求めすらした自分が信じられない。

「なんで、俺……あんなこと……」

これも賢者《けんじゃ》タイムというのだろうか。熱に浮《う》かされたような時間が嘘《うそ》のように、凹《へこ》んでいた。

「Ωだからだろう。性別がそうさせただけで、お前のせいじゃねぇよ」

キルクスはそう言いながら、冬弥の前にカップを差し出すとベッドに腰掛《こしか》ける。

冬弥はもぞもぞと起き上がり、木製のカップを受け取ると口をつけた。爽《さわ》やかな酸味のある液体だ。柑橘《かんきつ》系の果汁《かじゅう》が入っているようだ。

それを飲みながら、室内をぼんやりと見た。

それほどの広さはない。ベッドと、机と椅子《いす》、小さな窓が一つあり、この角度からでは外は見えないが、今が日の出ている時間だということが分かる。

「オメガ……って、なんか、言ってたな。それって何？　俺となんか関係あるのか？」

抱かれるよりも前に、訊かれた気がする。

だが、性別というのはどういうことだろう？　てっきり人の名前か何かかと思っていたが……。

「関係も何も……いや、Ωが分からねぇなんて、お前、一体今までどんな暮らしをしてきたんだ？」

どこか呆れたように言われて、冬弥は眉《まゆ》を顰《ひそ》める。

「そんなことを言われてもな」

そのオメガとやらは、一般《いっぱん》常識なのか？

「そもそも、どうして海の真ん中に落ちてきたんだ？」

「は？」

海？

キルクスの言葉に、冬弥はぱちりと瞬《しばた》く。

そんなものに落ちた記憶《きおく》はない。自分が落ちたのは池だ。寺の、それほど大きくもない。

だが、言われて見れば途中で随分と塩辛《しおから》いと思ったのだ。それに、助けられ、目を開けたときのあの光景……。一面の水。

海だと言われれば、なるほどと思う。

だが、そんなわけがない。そもそもこのあたりに海などないし、池の底が海に繋《つな》がっていたなんていう無茶なことはありえないだろう。

一体、自分の身に何が起きたのか、冬弥のほうが知りたいくらいだった。

「飛行魔法《まほう》にでも失敗したのか？」

「魔法？」

からかわれているのかと思いながらキルクスを見るが、その目は不思議そうに冬弥を見つめているだけで、冗談《じょうだん》を口にしたというふうではない。

「魔法も知らねぇのか？」

それどころか重ねてそう問われて、ますます困惑《こんわく》する。

「……俺にはキルクスの言っていることが、冗談のようにしか聞こえないんだけど」

「冗談？」

その問いに、こくりと頷《うなず》く。

「魔法だとか、オメガ？　だとか……俺が、海に落ちてきたとか、全部知らない、身に覚えのないことだらけで」

キルクスはまじまじと冬弥を見つめ、軽くあごに触《ふ》れると一つ頷いた。

「――分かった。とりあえず説明してやる。まずはΩからだ」

そう言うと、近くにあった重そうな椅子に座り、ゆっくりと話し始める。

キルクスが言うには、この世界には男と女以外に三つの性があるのだという。

体格と容姿に恵《めぐ》まれ、人々を牽引《けんいん》する力を持つα《アルファ》。大多数を占《し》め、ごく普通《ふつう》の生活を送るβ《ベータ》。

そして、男女かかわらず子を孕《はら》むことができるΩ。

つまり、男のα、女のα……というように合計で六種類の性別があるのだという。

だが、ほとんどの者はβであり、αの個体数は極端《きょくたん》に少ない。そして、Ωはそれよりもさらに稀少《きしょう》であり、現在では絶滅《ぜつめつ》の危機に瀕《ひん》しているのだという。

昔はαとΩの数にはそれほどの差はなかったらしい。だが、徐々にΩの数は減り続け、現在ではほとんど見られないのだという。

また、Ωは男であっても、女であっても、発情期を持つ。ヒートとも呼ばれるそれが起こると、Ωはαやβを誘惑《ゆうわく》するフェロモンを大量に放出するのだという。そしてその期間ならば、妊娠《にんしん》することが可能らしい。

また、発情期以外の時期も、そのフェロモンは微量《びりょう》とはいえ発されており、αであればそのフェロモンを感じ取ることができるとか。

「俺が、そのΩだっていうのか？」

「ああ、そうだ。ちなみに俺はαだな」

そう言ってふんぞり返っている姿は、確かに容姿に優《すぐ》れていると認めざるを得ない。それに、Ωという人種のフェロモンについても、まったく身に覚えがないとは言い難《がた》い。

自分がΩで、自分をおかしな目で見てきた相手がαだったら？　しかし、彼ら全員にキルクスが持つほどの身体的な優位性があったわけではない。だから、違うとそう思いたい。

けれど……。

「そんなの、初めて聞いた……」

「子どもでも知っているような常識だぞ」

そう言うキルクスの目は、呆《あき》れていると言うよりも何かを探《さぐ》っているような、好奇《こうき》心《しん》を含《ふく》むものだった。

「そんなこと、言われても……知らないもんは知らないし」

「ひょっとして、今まではどこかに閉じ込められてたのか？」

「そんなこと、ない。普通に生活してた」

ストーカーはいたし、困ったことも色々とあったが、普通と言っていい範疇《はんちゅう》の生活であったとは思う。

「普通に？　それで襲《おそ》われなかったのか？」

「襲われるっていうか……まぁそういうこともあったけど……」

実際、キルクスに助けられる直前にも襲われそうになっていた。

それがなければ、自分が縁切《えんき》り寺で蓮池《はすいけ》に落ちることも、こんな訳の分からない状況《じょうきょう》になることもなかったはずだ。

「それでよく番《つがい》にされなかったもんだな。αに出会わなかったのか？」

「出会わなかったっていうか……その概念《がいねん》がないっていうか……」

なんと言えばいいのだろう？

お互《たが》いの常識が、どうにも噛《か》み合わない。

「生まれはどこだ？」

「どこって……埼玉だけど」

「サイタマ？　聞いたことねぇな」

不思議そうに首を傾《かし》げられて、不安が増す。ひょっとして自分は随分《ずいぶん》と、おかしな状況に巻き込まれているのではないだろうか。

「Ωを情報から隔離《かくり》してる国が、この辺りにあるなんて話は聞かねぇが……それだけ遠くから来たってことなのか？　だとしたら、魔法の暴走にでも巻き込まれたか……」

「ここはどこなんだ？」

ぶつぶつと呟《つぶや》くキルクスの言葉を遮《さえぎ》るように、冬弥が尋《たず》ねる。

「うん？　ここか？　ここはサディークとタルトスの間くらいか。どっちかと言えばサディーク寄りだが……」

サディークにもタルトスにも聞き覚えはない。

「サディークとタルトスって……地名、なんだよな？」

「地名というか、国の名前だが……」

冬弥の言葉にキルクスも何かを感じ取ったのだろう。やや神妙《しんみょう》な面持《おもも》ちになる。

「サディーク王国とタルトス共和国だ」

「……どっちも聞いたことない」

地理は得意ではなかったけれど、だからといって全く聞き覚えがないなんて……。

――どういうことだ？

「ちょっと訊《き》きたいんだけど、日本って国、知ってる……よな？」

「ニホン？　……初めて聞くな。少なくともこの辺りにある国じゃなさそうだが」

「そんな……」

日本を知らないという言葉に、強烈《きょうれつ》な違和《いわ》感《かん》を覚えて冬弥は口をつぐむ。そして、一体自分が何に違和を感じているのかと考えた。

「――日本を知らないなら、どうしてあんたは日本語を喋《しゃべ》っているんだ……？」

そうだ。どう考えてもおかしい。

キルクスという名前も、その容貌《ようぼう》も、日本人のものとは思えない。にもかかわらず、キルクスの言葉を自分は間違《まちが》いなく理解している。

けれど……。

「ニホン語？　何を言ってるんだ？　俺が話しているのも、お前が話しているのもユグランス語だろう？」

「ユグ、ランス……？」

キルクスは冬弥の言葉に不思議そうな顔をしている。それがとぼけているようにはどうにも見えなくて、冬弥は自分のほうがおかしいのかとますます混乱してしまった。

「知らない……そんなの…」

ユグランス？　そんな言葉聞いたこともない。自分は間違いなく、日本語を話しているはずだ。

頭がおかしくなってしまいそうだった。冬弥は、いつの間にか震《ふる》えていた手をぎゅっと握《にぎ》り締《し》める。

キルクスも冬弥が嘘《うそ》や冗談《じょうだん》を言っているわけではないと思ってくれたのか、真剣《しんけん》な顔で考え込んでいる。

そして、不意に何かに気づいたように、顔を上げた。

「お前が巻き込まれた魔法《まほう》が『召喚《しょうかん》』だったという可能性はねぇか？」

「……召喚？」

またゲームのような単語が出てきたことに、驚《おどろ》きつつ首を傾げる。

「ああ。それなら、お前がこの辺りの地名を知らなかったことと、お互い違う言語を話してるにもかかわらず、意思の疎通《そつう》ができてることに説明がつく」

「そうなのか？」

正直、召喚という言葉自体が冬弥には受け入れがたいものだったが、それでも説明がつくと言われたことに少しだけ安心した。

「唇《くちびる》の動きを見ていろ」

「え？　う、うん」

突然《とつぜん》何を言われたのかと思ったが、とりあえずは頷く。

「俺は今、ごく普通に話をしている。お前の耳に届いている言葉と、唇の動きは完全に連動しているか？」

ゆっくりと、発声練習でもしているかのようにはっきりと口を動かしてそう訊かれて、冬弥は徐々《じょじょ》に目を見開く。

「違う……」

そして、驚きながらも頭《かぶり》を振《ふ》った。

「ずれてる」

まるで、吹《ふ》き替《か》えの映画を観《み》ているかのようだ。確かにその口から声がしているのに、話す言葉と唇の開閉に齟齬《そご》があった。

「俺からも、そう見える。すぐに気づかないとは迂《う》闊《かつ》だったな」

「自然に翻訳《ほんやく》されてるってこと？」

冬弥の言葉に、キルクスは大きく頷《うなず》く。

「召喚術は本来、精霊《せいれい》や聖獣《せいじゅう》などを喚《よ》び出し使役《しえき》するためのものだからな。喚び出したものとの意思疎通が図《はか》れねぇんじゃ話にならねぇだろ？　そこで術式の一部に、言語を共通化する文言が折り込まれているんだと、聞いたことがある」

本来ならば、召喚なんて冗談だろうと笑い飛ばしてしまいたくなるような話だ。

けれど、現在の状況がその言葉に恐《おそ》ろしいまでの信憑性《しんぴょうせい》を持たせていた。突然海に投げ出されたことも、お互いの言葉が勝手に翻訳されて届いていることも『召喚』という事象が本当にあるのならば、説明がついてしまう。

そしてもし、自分が本当に『召喚』されたのだと仮定するならば……。

「あのさ、俺もまだちょっとよく分かんないし……こんなこと言っても信じて貰《もら》えないとは思うんだけど」

「なんだ？　なんでも言ってみろ」

キルクスのその言葉に背中を押されるように、冬弥は自分でも半信半疑のまま口を開く。

「――ここ、俺の知ってる世界じゃない、かもしれない」

「知ってる世界じゃない？　……違う世界から来たってのか？」

自分の言葉を繰《く》り返したキルクスに、冬弥はこくりと頷く。

荒唐無稽《こうとうむけい》なことを言っている自覚はある。だが、キルクスが口にすることはどれも、自分は知らないことばかりだ。

「俺のいた世界には、Ωだとかαだとかいう概念すらなかったし、それを特別に秘匿《ひとく》できるような、そんな環境《かんきょう》でもないっていうか……それに、魔法なんてものもないし、地名も、全然聞いたことない。そもそも俺が落ちたのは海じゃなかったし……っ」

言いながら、混乱と不安に感情が高ぶり、言葉を途切《とぎ》れさせた冬弥の肩《かた》を、キルクスが宥《なだ》めるように叩《たた》いた。

「あ……」

「大丈夫《だいじょうぶ》か？」

労《いたわ》るように言われて、冬弥は一度唇を噛《か》み、ゆっくりと頷く。

「ごめん。ちょっと……混乱してて……」

「気にしなくていい。異世界から来たっていうなら、混乱もするだろ」

「――――信じて、くれるのか？」

驚いて、半ば呆然《ぼうぜん》と見つめると、キルクスは意外にもあっさりと頷いた。

「俺も、お前が突然現れたのには驚いたしな。それに、Ωの数が足りないって話をしただろう？　別の世界からΩを召喚しようという動きがあるって話は、前に聞いたことがある」

「Ωを召喚……？」

「ああ、聞いたのは何年か前だから、実用にこぎ着けていてもおかしくはねぇだろ。まぁ、実用と言っても、お前が召喚されてこの世界に来たんだとしたら、本来は召喚した人間のもとに現れる予定だったんだろうから、成功したとは言い難《がた》いが……」

少しだけ考え込むように言うキルクスに、わずかにほっとする。もちろん、納得《なっとく》したわけではないが、キルクスが信じてくれたこと、またそのことについて真剣に考えてくれている様子に安堵《あんど》したのだ。

「……ありがとう」

小さな声で礼を言った冬弥に、キルクスは驚いたように軽く目を瞠《みは》り、それから笑って頭を振る。

「礼を言うようなことでもねぇだろ。それなら、Ωでありながら、今まで無事だったことにも多少納得がいくしな」

そんなにもΩであることは危《あや》ういことなのだろうかと、冬弥は疑問に思う。確かに、今までいろいろとあったけれど、最終的なところでは、キルクスの言う通り無事だった。

「もちろん、かなりの幸運だったことは間違いねぇよ。お前の世界に本当にαがいなかったのか、お前が出会わなかっただけなのかは分からないが……なんにせよ、俺にとっては幸運だった」

「幸運？　どうして？」

自分にとって、というなら分かるけれど、と首を傾《かし》げる冬弥にキルクスは微笑《ほほえ》んだ。その笑顔にドキリと胸が高鳴って、冬弥は戸惑う。

男の笑顔にときめくなんて、どうかしている。いや、キルクスに会ってからずっと、自分はどうかしているのだが。

「お前を俺の番《つがい》にすることができたからな」

「番？」

そういえば、そんな言葉を聞いた気がする。

「ああ、説明していなかったか？　Ωは生涯《しょうがい》に一人だけ、番を得る。相手はαに限られていて……」

言いながら、キルクスの手が伸《の》ばされ……。

「発情中に、ここを噛むことで成立する」

冬弥の項《うなじ》をそっと撫《な》でた。

ぞくりと背筋が震える。冬弥は慌《あわ》ててその手を振り払《はら》い、項を隠《かく》すように手のひらで覆《おお》った。

「なんで、そんな……勝手に……」

確かに、ここに何かされた記憶《きおく》はある。痛みはなかったけれど、酷《ひど》く、熱くて……。おそらくあのときに噛まれたのだろう。

「いやだったか？」

「あ、当たり前だろっ」

本当はいやも何も思う暇《ひま》もなかったし、今もそれがどういうことなのか、いまいち分からない。

番というのは通常、動物に使う場合は夫婦《ふうふ》というか、伴侶《はんりょ》というか、そういう意味になるとは思うが……。

「……番になるって、俺とあんたがその、ふ、夫婦っていうか、け、結婚《けっこん》したっていうこと？」

「結婚とは、正確に言えば違うな。結婚はあくまで制度だろう？　もちろん番同士で結婚するのは普通《ふつう》だが、番ってのは、もっとずっと本能的で、強い繋《つな》がりだ」

「強い繋がり？」

結婚よりも強い繋がりなど、血の繋がり以外にあるとも思えず、冬弥は首を傾げる。

「まず、番を得た時点で、お前のフェロモンは俺以外には効かなくなる」

「えっ？　それって、つまり……」

「今までのように、フェロモンに釣《つ》られてお前にフラフラ寄ってくる人間はいなくなるってことだな」

その言葉に、冬弥は目を瞠り、ぱっと喜色を浮《う》かべた。けれど……。

「俺以外は」

キルクスの言葉にスン、と真顔になる。

だが、考えようによっては、キルクスさえ避《さ》ければいいわけで、それはやはり今までよりもずっと楽なことのように思える。

そんな冬弥の考えは、そのあとすぐに否定されることになった。

「その代わり、お前は発情期がくるたびに俺に抱《だ》かれずにはいられなくなる」

「――――――――は？」

発情期がくるたびに？　抱かれずにはいられない？

キルクスの言葉を脳内で反芻《はんすう》し、冬弥は徐々に目を見開いていく。

「何言って……は？　嘘《うそ》だろ？」

「嘘なわけがあるか」

キルクスは呆然とする冬弥の言葉を、あっさりと否定した。

「この世界の人間なら誰《だれ》でも知っていることだ」

　そう言われてしまえば、『この世界』を知らない冬弥は認めるしかない。そもそも、キルクスが嘘を言っているようには見えなかった。けれど、信じられないと思うし、信じたくないとも思う。

「いや、けどそもそも俺がΩだっていうこと自体まだ納得いってないし、勘違《かんちが》いってことも」

「ないな。俺は今までにも何人かΩに会ったことがある。お前がΩなことは間違いない」

　言い切られて、冬弥は言葉を失う。

　突然《とつぜん》、自分がただの『男』という性別ではないと言われて、いくら多少思い当たることがあったとしても、はいそうですかと信じられるはずがない。

　ここが、自分のいた世界ではないということだって……。いや、さすがにそこまで現実から目を逸《そ》らすわけにはいかない。

「……信じられないけど、でも百歩譲《ゆず》って、俺がそのΩ、っていうやつだったとして」

「ああ？」

「あんたの番とかいうのにされたんだとして」

「うん」

「とりあえず、全部置いといて、今すぐ元いた世界に戻《もど》りたいって言ったら……」

「無理だな」

　今度も、キルクスはあっさりと否定の言葉を口にした。

「なんでだよ！　来れたんだから……って言うか、喚《よ》ばれたんだったら、帰る方法くらいあるだろ？」

「俺の話を聞いていたか？　番同士は離《はな》れることはできない。発情期のたびに、俺が欲しくて堪《たま》らなくなるってのに、元いた世界に戻るなんて不可能だろうが」

「そっ……そんなのありえないから。俺が、あ……あんたのこと欲しくなる、とか信じられないし」

自分が、この男を求めることがあるなんて……。考えただけで顔が熱くなって、視線を避けるように俯《うつむ》いてしまう。

いや、確かに今朝まではおかしかったけれど、それだって自分からというわけではなかった。なかったはずだ。多分。

「とにかく、俺は帰りたいんだよ」

そう口にしながら、わずかばかりの違和感《いわかん》を覚えたけれど、冬弥はそれを無視した。

「……無駄《むだ》だと思うが」

キルクスはため息を吐《つ》いてそう言うと、何か考えるように一瞬《いっしゅん》だけ沈黙《ちんもく》し、再び口を開く。

「まぁ、帰る方法があるかどうか、一番手っ取り早いのはお前を喚んだ奴《やつ》らに訊《き》くことだろうな」

キルクスの口から否定的ではない言葉が出たことに冬弥は驚《おどろ》く。

けれど……。

「それは、まぁそうだろうけど」

そんなこと言われても冬弥には、それが誰なのか皆目《かいもく》見当も付かない。

「キルクスじゃ、ないんだよな？」

「残念ながら俺じゃない」

「そっか……そうだよな」

しょんぼりと肩《かた》を落とす冬弥に、キルクスは仕方がないというように苦笑《くしょう》する。

「心当たりはなくもないけどな」

「えっ、そうなのか？」

冬弥はキルクスの言葉に、ぱっと顔を上げた。

「当たっているかはわからねぇぞ。ただ、お前が落ちて来たのはエイボンとバルクークの間の海だった。どっちかって言や、エイボン側か」

「エイボンっていうのは国？」

「そうだ。エイボン王国とバルクーク帝国《ていこく》。どちらも大国だな」

「その、エイボンって国が俺を喚んだってこと？」

「いや、近かったのはエイボンだが、バルクーク側は年頃《としごろ》の跡継《あとつ》ぎがいて、Ωを探しているって話がある。おまけに魔法《まほう》研究に力を入れている国だからな。バルクークのほうが可能性は高いと思うぞ」

「そうなのか……」

エイボンに、バルクーク。やはりまったく聞き覚えのない名前だなと思ってはたと気づく。

「さっき、今はサディーク？　となんとかの間とか言ってなかったか？」

「サディークとタルトスだな」

「つまり……移動してる？」

「船だからな。お前を拾ってからもう三日経《た》つんだ。移動もするだろう」

「三日!?　そんな長い間……」

抱かれていたのかと口にしそうになって、咄嗟《とっさ》に口を閉じる。確かに随分《ずいぶん》と長いとは思っていたが、まさかそんなに経っていたなんて……。

意識した途端《とたん》、腹が減った気がして冬弥は自分の腹を押さえる。そんな冬弥に、キルクスが笑った。

「確かに腹が減ったな。ちょっと待ってろ」

キルクスはそう言うと立ち上がり、木製のドアを開けてそちらへと入っていった。少し離れた場所から、声が聞こえる。

食事を頼《たの》んでいるようだ。返ってきた声は低く、相手が男だということだけは分かった。

「すぐ来る」

「……うん。ありがとう」

戻ってきて横に掛《か》けたキルクスに、冬弥はそう礼を言って頷《うなず》く。

わけが分からないまま施《ほどこ》しを受けようとしていることは理解していたし、それを躊躇《ためら》う気持ちがないわけではない。けれど、ここが異世界であってもなくても、船の上だというのは先ほど窓から見た景色と、ずっと揺《ゆ》れているような感覚で分かる。

まったく知らない場所にいて、船を降りることがすぐできるのかも分からない。こんな状《じょう》況《きょう》で意地を張って食事を拒否《きょひ》できるほど、冬弥は強くなかった。

キルクスはそんな冬弥に微笑《ほほえ》んで、いい子だと褒《ほ》めるように頭を撫《な》でる。

振《ふ》り払《はら》う気にもなれなくて、冬弥はされるままにしていた。

「――キルクスって、いくつなの？」

「うん？　歳《とし》か？　二十六だ」

思ったよりも若いような、そうでもないような……。食事を頼んでいたということは、この船の客なのだろうか？　それにしては、室内は随分と生活感がある。

乗組員だとしたら、態度からして、そこそこの地位にいるような気がする。そうすると二十六というのはまだ若いように思えた。

「俺、船のことって全然わかんないんだけど、キルクスは客？　乗組員？」

「そういえば言ってなかったな」

キルクスは冬弥の言葉に軽く目を瞠《みは》り、それからいたずらっぽい笑みを浮《う》かべる。

「俺は、この船の船長だ」

「船長……？　え？　それってつまり一番偉《えら》い人って意味だよな？」

「なんだ、意外か？」

冬弥が驚いているのを見て、楽しんでいるらしい。にやにやと笑うキルクスを、冬弥は軽く睨《にら》んだ。

「意外っていうか……若いっていうか……。二十六なんだろ？」

勝手なイメージだが、船長というと、髪《かみ》も髭《ひげ》も白い初老の男性が思い浮かぶ。驚いても当然ではないだろうか。

「まぁ、自分の船を持ってまだ二年だけどな」

二年ということは、二十四でこの船の船長になったということだろう。

「十分すごいと思う」

自分が三年後に、同じように何かを為《な》し得ていたとはとてもじゃないが思えなかった。

そんな話をしているうちに、木製の椀《わん》に入ったスープが運ばれてくる。キルクスはそれを扉《とびら》の外で受け取ると、トレイごとベッドの上に置いた。

椀が二つ載《の》っていて、キルクスが一つを手に取ったので、冬弥ももう一つに手を伸《の》ばす。

「いただきます」

　口をつけると、いわゆる日本で言うところの潮汁《うしおじる》というのだろうか。塩で味の付けられたスープに魚介類《ぎょかいるい》が入れられている。それだけなのだが……。

「おいしい……」

「それはよかった。こんな美味《うま》いスープが飲めるのも今日が最後かもしれないからな。よく味わっておけよ」

　キルクスはそう言うと、自らも椀へと口をつける。

　元の世界に帰りたいという自分に対する当てこすりだろうかと思ったが、特に嫌味《いやみ》な口調ではなかった。むしろしみじみとした口調に内心首を傾《かし》げる。

　だが、気にするほどのことではないだろうと、あえて質問は控《ひか》えた。

　現在の問題はやはり、どうやったら帰れるのか、である。

　自分を喚《よ》んだのがバルクークの人間だというならば、彼らに会うくらいしか、自分が帰る方法は考えられない。

　だが、バルクークにどうやって向かうのかといったら……。

　やがてキルクスは、冬弥が飲みきった椀を手に取ると、自分の椀と一緒《いっしょ》にトレイへと載せ、机へと移動した。

「……あのさ、キルクス。俺、船代の代わりに働くから、俺をバルクークに連れて行ってくれないか？」

食べている間に考えていたことを、冬弥は口にした。

けれど……。

「行ってどうする？」

その言葉はまるで、用意されていたかのような速さで返ってきた。

「そもそも相手はお前を王族の番《つがい》にするためにわざわざ喚んだはずだ。お前がのこのこ城まで出向けば、喜んで捕《つか》まえるぞ」

「それは……そうかもしれないけど」

いや、実際用意していたのだろう。キルクスは、冬弥がそれを望むかもしれないと考えていたに違《ちが》いない。続いた言葉にそう感じながら、それでも冬弥はあきらめきれずに反論を探す。

「でも、俺はもうキルクスの番になったんだろ？　だったら用済みなんじゃないの？　番は一人しかなれないんだろ？」

「確かに、お前が俺以外の番を得ることはできない」

「それなら――」

「だが、用済みじゃねぇ可能性もある」

冬弥の言葉を遮《さえぎ》るように、キルクスが言う。

「番にならなくても、子どもを産ませることができる、という話もある」

「子どもを産ませるって……ひょっとして、俺が産むって話してる？」

「当然だろう」

確かに、Ωは妊娠《にんしん》できる、という説明があった気がする。

だが、それは自分がΩであるという言葉と同じか、それ以上に信じられなかった。

「Ωは男でも女でも、相手の性別にかかわらず子どもが産める。だが、αの子どもを産ませるにはΩが必要なんだ。βでも可能性はゼロじゃねぇが……相当低いことは確かだ。Ωが産まれる確率といい勝負だろうな」

それがどれくらいのものか、冬弥にははっきりとは分からなかったが、別の世界の人間を召《しょう》喚《かん》しようとまで思うくらいだから、相当に低いのだろう。

「だから、バルクークみてぇな、αを王に戴《いただ》く国は確実に子どもを産むことのできるΩを求める。あの国なら、跡取《あとと》りを産ませるために、番でないお前を妃《きさき》に迎《むか》えるくらいのことは簡単にするし、本来ならありえねぇ話だが……番でないΩに子どもを産ませる方法を考えていねぇとも限らない、ってことだ」

それが、キルクスの言う『用済みではない可能性』ということなのだろう。

「ならどうすれば……」

「俺と一緒に楽しく暮らせばいいだろう？」

キルクスはそう言うと、冬弥の肩《かた》を抱《だ》き寄せる。だが、冬弥はすぐさまキルクスをぐいと押し返した。

「……いやだ、帰る」

だだをこねる子どものような言葉が自分の口から出たことに、一瞬羞恥《いっしゅんしゅうち》を感じたが、だからといって頷けるものでは決してない。

「帰れねぇって言ってるだろう？」

キルクスはそう言いつつも、冬弥の気持ちを汲《く》んでくれる気はあるらしい。

「だったら、魔法《まほう》に詳《くわ》しいやつに訊《き》きに行くか？」

そう宥《なだ》めるように言った。

「魔法に詳しいやつ？」

学者のような、専門家がいるということだろうか？

「フィンって男がいてな。変わった男なんだが……」

その男は、自由に研究をしたいからと、王宮魔法使いを辞《や》めて隠遁《いんとん》した、奇特《きとく》な魔法使いなのだという。

「あいつなら召喚魔法についても、かなり詳しく知っているはずだ」

「なるほど……」

それなら、バルクークに行くより安全だろうし、問題もなさそうだ。

けれど、キルクスはどうして、そんなことを教えてくれるのだろう？　自分を帰す気など、なさそうだったのに。

「いいのか？　その、俺がフィンって人に会いに行っても」

「そうだなぁ？」

不思議に思いつつ訊くと、キルクスは冬弥の顔を覗《のぞ》き込むようにして、じっと見つめる。

「な、なんだよ？」

「フィンに訊いて、それで帰る方法がないと分かった場合、俺の番として生きる覚悟《かくご》を決めるってのはどうだ？」

「え？」

「誓《ちか》って、フィンに嘘《うそ》を言わせたりはしない。約束するなら、連れて行ってやる。それなら、俺にも価値がある取引だ」

キルクスの目が、真っ直《す》ぐに冬弥を見つめていた。

――帰る方法がないと分かった場合、キルクスの番として生きる。

Ωとして、キルクスの番になる。いや、正確には番にはもうなっている。だが覚悟を決めるということは、発情期がくれば素《す》直《なお》にキルクスに抱かれ、場合によっては子どもを産むことも認めるということで……。

そんなのは、受け入れられるはずがないと、そう思う。

けれど、もしここでそんなことは無理だと言ったらどうなるだろう？

キルクスの言うことが本当ならば、フィンに会わなかったとしても、自分がキルクスの番なことは変わらない。そして、自分にはキルクス以外に頼《たよ》る相手はいないのだ。

もちろん、この船もいつかは港に着くだろう。だが、そこから目当てであるバルクークに行くことは簡単ではない。

冬弥は着の身着のままの無一文で、その上、異世界である以上、どこかに日本大使館があるわけでもないのである。言葉こそ分かるが、それ以外は右も左も分からない世界では、旅費どころかその日を生きる金を手にする算段を付けるだけでも、苦労するはずだ。

けれど、そんなことはキルクスにだって分かっているだろう。

自分と一緒に楽しく暮らせばいい。

能天気にも思える言葉だが、その状況《じょうきょう》が自分にとって、どれだけ得《え》難《がた》いものなのか……。

「わかった。約束する」

冬弥が頷《うなず》くと、キルクスは満足げに笑う。

キルクスはこの提案を自分にも価値があると言ったけれど、実際にはこの件に関するメリットなどないに等しい。キルクスには、そんなことを約束させる必要すら、本当はないのに……。

「……キルクスって、案外いいやつなんだな」

ぽろりと呟《つぶや》いた言葉に、当のキルクスが驚《おどろ》いたように目を瞠《みは》る。それから、すっと視線を逸《そ》らした。

「とりあえず、一回予定の港に寄って船の整備をしてからになるぞ」

すぐに気を取り直したようにそう言ったキルクスに、冬弥は少しだけ笑って「分かった」と頷いた。

途端《とたん》、不意にあくびがこぼれる。

「まだ本調子じゃねぇところに、腹の中も温まって眠《ねむ》くなってきたか？」

「……そうかも」

どうやら、キルクスの言う通りらしい。話がまとまって気が緩《ゆる》んだせいもあるだろう。

「俺は仕事をしてくるから、安心して休んでろ」

キルクスはそう言うと、冬弥をベッドに置いてあっさりと部屋を出て行った。

一人になったことでますます気が緩み、冬弥はベッドに倒《たお》れ込む。

「……いや、一人にしてくれたのかな」

話がまとまったとはいえ、新しい情報が多すぎて、頭の中はまだ大部分が混乱したままだ。

気分も落ち着かず、胸がざわざわしているのが分かる。

ここは異世界で、自分はΩで、キルクスが番で……魔法使いに会いに行く。意味が分からなすぎて、どこから考えたらいいのかも分からなかった。

冬弥はそっと自分の手で項《うなじ》に触《ふ》れてみる。少しだけ凸凹《でこぼこ》としたあとが感じられて、これがキルクスに噛《か》まれたあとなのかなと思う。

「どうなっちゃうんだろ……」

分からないけれど、キルクスを信じるしかない。

悪いやつではないとも思う。多分。きっと。

そう思いながら、冬弥はぎゅっと目を閉じた。目が覚めたら、ここがあの、一人で暮らすマンションの一室だったらいいのにと、どこかで願いながら……。


目を覚ますと、室内は薄暗《うすぐら》くなっていた。

「目が覚めたか？」

いつの間に戻《もど》ったのか室内にはキルクスがいて、ランプの明かりの下で何か書き物をしていたようだ。

「ごめん、こんな時間まで……」

「気にしなくていい。夕食は食べれそうか？」

「……寝《ね》てばかりなのに悪いけど、腹減ってるみたい」

「そりゃよかった。料理長が張り切って用意していたからな。お前さえよければ、甲板《かんぱん》に出ないか？　そっちに用意してるんだが……」

「分かった」

冬弥はキルクスに服を借りると、ようやく船室を出た。

この船に乗っているのはβの男性ばかりで、αはキルクスだけらしい。

なんにせよ、番《つがい》を得た以上、Ωであることでキルクス以外の人間に影響《えいきょう》が出ることはないということだったが……。

今までだって、明確にその『フェロモン』とやらの存在を感じていたわけではない。

けれど、どんな集団においても、自分に対しておかしな劣情《れつじょう》を抱《いだ》く相手は含《ふく》まれていた。それが本当にもう、いないというなら……。

ドキドキしつつ甲板に出ると、いくつもの目が自分たちに向けられた。

「船長！」

「随分《ずいぶん》お楽しみだったなぁおい」

「そっちが嫁《よめ》さんか。やっぱりΩはちいせぇなぁ」

まだ十代前半に見える少年や、どこかの漫画《まんが》で見たような眼帯をした男、腕《うで》っ節の強そうな男などがわらわらと集まってくる。

この時点で、なんとなく冬弥は違和感《いわかん》を覚えた。

なんというか、一言で言うならば随分と――柄《がら》が悪い。

いや、確かに船乗りというのは荒《あら》くれ者のイメージがないわけではない。しかし、これはそういうレベルの話ではないような……。

「こりゃあ、とりあえず祝い酒だろ！」

「持ってこい持ってこい！」

あっという間にどこからか酒樽《さかだる》が運び出され、キルクスにも冬弥にも木製のジョッキが手《て》渡《わた》される。入っているのはビールのようだ。

「てめぇら、一杯《いっぱい》飲んだら持ち場に戻れよ」

「分かってますって！」

「船長と姐《あね》さんに乾杯《かんぱい》！」

そう音頭《おんど》を取ったのが誰《だれ》だったのか。

船の甲板で始まった酒盛りに、目《め》眩《まい》を覚えつつ冬弥はまさかと思う。

すぐにそこここから、姐さんでいいのかどうなのかという物言いが入ったが、めでたいからいいのだというような乱暴な返しですぐに収まる。

もちろん、その姐さんというのが自分のことだと、冬弥は理解しないわけにはいかなかった。

「あのさ、ちょっと気になったんだけど」

「うん？」

「この船って……なんの船？　漁船とか、貿易船とか、商船？　とか、そういう……」

一縷《いちる》の望みを掛《か》けてそう問いかける。

けれど。

「ああ、言ってなかったか？　このウェナティクス号は、海賊《かいぞく》船だ」

　キルクスの返答は無慈悲《むじひ》だった。

「海賊船……つまり、ここにいるのってみんな海賊……」

　――――聞いてない。

　いろいろと話はしたが、この船が海賊船であることも、キルクスが海賊であることも初めて知った。

　キルクスの番になるということは、つまり自分も海賊の一味になるということなのだろうか？　いや、とはいえ、暫定《ざんてい》ではある。フィンが帰る方法を教えてくれさえすれば、すぐに足抜《あしぬ》けできる。できるはずだ。

　しかし、こんな大事なことを黙《だま》ったまま勝手に人を番にするなんて……。いや、知らないままあんな約束をした自分もどうかという話だが。

　思わずじろりとキルクスを睨《にら》むと、キルクスは、どうした？　というように首を傾《かし》げた。

「ああ、ほら、とりあえずここ座ってろ。揺《ゆ》れた弾《はず》みでまた海に落ちねぇようにな」

　キルクスに言われるまま、素直《すなお》に甲板に座り込む。

　高いところは怖《こわ》くないが、さすがにこんな高さから落ちるのはぞっとしない。

　それにしてもまさか、海賊だったとは……。

　気づかなかった自分が迂闊《うかつ》なのだろうか？

ため息を吐《つ》いてジョッキに口をつけ、ビールをのどに流し込む。冷えていないビールはおいしいとは言えなかったが、以前誰かから外国ではそういうものだと聞いた覚えがある。

「外国どころか、異世界らしいけど……」

口にするとどうにもバカバカしいが、こうして実際に自分の身に起こっているのだから認めざるを得ない。

唯一《ゆいいつ》幸いなのは、キルクスの言う通り、少なくとも船員たちの中に、あのギラギラとした欲《よく》望《ぼう》を含む目で自分を見ている者はいなそうだということだろう。

こちらを見ている者たちはいるが、好奇《こうき》と、微笑《ほほえ》ましいと言える程度の好意を含んだものばかりに思えた。

やっぱり、キルクスの言ったことは全部本当なのだろうか……。

船員に囲まれているキルクスを横目に、冬弥はもう一度ため息を吐いた。

「ビールが口に合わない？」

突然《とつぜん》そう話しかけられて、冬弥はびくりと肩《かた》を揺らす。

声をかけてきたのは、冬弥よりも若く見える青年だった。十八歳前後だろうか？　長く赤茶けた金髪《きんぱつ》を一つにくくっている。

他の船員たちよりは幾分《いくぶん》線が細く、そばかすの散った顔には愛嬌《あいきょう》があった。一瞬《いっしゅん》だけ警戒《けいかい》したが、その目におかしなものが含まれているようには思えなかった。

「いえ、そんなことは……」

少しだけ気を緩《ゆる》めて頭《かぶり》を振《ふ》る。青年は笑って、ジョッキを軽く合わせてきた。

「よかった！　ルードのおかげで水は確保できてるけど、やっぱ船の上で飲むのはビールが主流だからさ」

「ルード？」

「うちの魔《ま》法使《ほうつか》いだよ。水魔法が使えるから、船の上でも腐《くさ》った水を飲まなくて済む」

「へぇ……魔法使いが乗ってるんですね」

正直まだ半信半疑なところがあるけれど、冬弥はその気持ちには封《ふう》をしてただそう返す。

「そんなこと言って、あんたも魔法が使えるだろ？」

「え？　いや、俺は……そういうのは」

「そうなのか？　Ωはみんな魔法が使えるって聞いたことがあったけどな……まぁ、そんなに数がいるわけじゃないから、どこまでほんとかわかんないけど」

けろっとした口調でそう言うと、青年はジョッキを呷《あお》った。

「姐さん、俺とも乾杯してくれよ」

「俺も俺も」

いつの間にか周りを囲むように数人の男たちが立っていて、ぎょっとしつつも冬弥は言われるままにジョッキを掲《かか》げて乾杯する。

そのままどこかへ行く者も、残る者もいて、残った者は冬弥の周りに車座になる。一杯飲んだら持ち場に戻《もど》れと言われていたが、大丈夫《だいじょうぶ》なのだろうかと少しだけ気になったが、冬弥が口を出すことでもない。

ちらりとキルクスのほうに目をやると、あちらはあちらで男たちに囲まれているようだ。

「ほんとめでたい」

「ありがとうなぁ！　乾杯乾杯！」

にこにこと誰も彼もがうれしそうで、ここに居着くつもりのない冬弥はどうにも心苦しい。長くいるつもりはないのだと、言うべきだろうか。そう迷っていると……。

「しかし、頭《かしら》が番を作るとはなぁ」

「よっぽどあんたが気に入ったんだろうな」

「俺がって言うか……Ωだったからってことだと、思いますけど」

なんだかしみじみと言われて思わずそう返すと、男たちは揃《そろ》って首を横に振る。

「何もΩに会うのが初めてってわけでもねぇんだ」

確かにキルクスもそんなことを言っていた。しかし……。

「でも、Ωってすごく数が少ないんじゃ……」

だから異世界から召喚《しょうかん》するなどという、わけの分からない方法まで取ったのではなかったのか？　今更《いまさら》ながらあの言葉の真偽《しんぎ》が気になって訊《き》いてみる。

「数が少ないのは間違《まちが》いないが、裏で取引するために船に積まれてることもある」

「こういう商売してりゃあ、そういう船に当たることもあるからな」

Ωが『積まれている』という表現に、ぞっとする。それはつまり、人としてではなく、商品として、という意味を内包しているのだろう。

「俺たちは、番《つがい》にしちまったらどうだと何度も薦《すす》めたんだがなぁ……」

「みーんな国に送り届けたり逃《に》がしたり……Ωを見つけても、手を出すなんてことは一度もなかったんだぜ。こんな世の中じゃ、王侯《おうこう》貴族以外のαが番を作るなんて普通《ふつう》にゃ無理な話だってのにな」

確かに、王族ですらΩを手に入れることが難しいというならば、市井《しせい》に産まれてしまったαが番を得ることなどそうそうないのだろう。

「いっそ奴隷《どれい》商人から買ったらどうかって薦めたこともあったが、キルクスは人身売買には手を出さない主義だからよ。もう番を得るのは難しいと思ってたんだ」

「だから、お頭があんたを番にしたってのが、うれしくてよぉ」

「そうそう！　ほんとよかった」

「よっぽど、姐さんのことが気に入ったんだろうな」

「姐さんもついてるぜ。城の中に閉じ込められるより、キルクスの番になったほうが絶対に楽しいからな」

「ちげぇねぇ！」

楽しそうに笑う男たちに、苦笑《くしょう》しつつ、それをごまかすようにジョッキに口をつける。

とりあえず、キルクスが仲間たちに慕《した》われていることはよく分かった。

けれど、うれしそうにされればされるほど、申し訳なさが募《つの》る。

「あの、申し訳ないけど俺――」

「盛り上がってるな」

いつまでもここにいるつもりはないと、謝罪しようとした冬弥の言葉を遮《さえぎ》ったのは、キルクスだった。

「トーヤ、ほら、飯取ってきたぞ」

「あ、ありがと……」

木製の、やや深みのある皿を渡《わた》すとキルクスはそのまま冬弥の横に座り込む。

「言わなくていい」

「え？」

耳打ちされて、冬弥はキルクスを見つめる。どうやら、わざと冬弥の言葉を遮ったらしい。

「どうせ帰る方法がなくて、ここに戻ることになるんだから」

「っ……そんなことない」

にやりと笑われて、冬弥はキルクスを睨み付ける。

けれど結局、自らの進退について男たちに告げることはないまま宴会《えんかい》は続き、夜は更《ふ》けていったのだった……。

◆

「ひ……暇《ひま》ぁー……」

広いとは言えないベッドで、冬弥はため息混じりの言葉を吐き出す。

場所は相変わらずの、キルクスの部屋である。

キルクスと同衾《どうきん》することに抵抗《ていこう》がないわけではなかったが、船というのは自分が想像していた以上に狭《せま》いものらしく、船長であるキルクス以外に個室があるのはほんの数名で、あとはハンモックを吊《つる》して部屋ともいえない場所に銘々《めいめい》寝ているらしい。

冬弥はそれでもかまわなかったのだが、キルクスが許さなかったのである。

発情期でもない限り、船が港を離《はな》れている間は何もしない、という言葉を信じて、一緒《いっしょ》に眠《ねむ》った。

そして朝、キルクスは冬弥に、お前はここでゆっくりしていろと言い残して、部屋を出て行ってしまったのだが……。

「暇すぎるんだよな……」

勢いを付けて起き上がり、ベッドを降りる。窓を覗《のぞ》き込むと、一面の海原《うなばら》が見えた。海は嫌《きら》いではないが、朝から全く変化というものがないのはいただけないとため息を吐《つ》く。

部屋を出て、自分も何かをしたい。

「これも心境の変化かな」

両親が亡《な》くなって以降、たびたびおかしな目に遭《あ》うせいもあって、冬弥は外出が億劫《おっくう》になってしまった。

それでも、一度引きこもってしまったら、もう二度と外に出られなくなる気がして、バイトをすることでどうにか外へと足を踏《ふ》み出していたのだ。

なのに、今は自ら進んで外に出たいと望んでいる。

昨夜の宴会は、いろいろと戸惑《とまど》いや、海賊《かいぞく》という職業への恐《おそ》れのようなものも感じたけれど、それでも冬弥にとって初めての、安心できる宴会だった。

誰《だれ》かに襲《おそ》われるかもしれないという恐怖《きょうふ》に常につきまとわれていた冬弥には、当然ながら酒で酔《よ》っ払《ぱら》うような危険は冒《おか》せない。

二十歳《はたち》になってからも、飲み会に参加したことはほとんどなかった。

だから、ほろ酔いになるまで酒を飲んだことも、なんだか新鮮《しんせん》だったし、本当にもう自分は誰かを惑わすようなこともないのだと実感できた気がする。

もちろんそれは、キルクスの言葉を肯定《こうてい》するものであり、諸手《もろて》を挙げて歓迎《かんげい》できる事態とは言えないのだが……。

「やっぱり、キルクスに言ってみよ」

船のことは素人《しろうと》も素人だから、たいしたことはできないだろうが、それでも何か手伝えることはあるだろう。

掃除《そうじ》とか、洗濯《せんたく》とか……。調理も、手伝えないことはないと思う。

とはいえ一応、世話になっている相手の言うことだから、勝手に部屋を出るのも憚《はばか》られ、昼食時にキルクスが戻ってくるのを、待つことにした。

そのため、昼食のトレイを手に入ってきたキルクスを必要以上に歓待して喜ばせてしまったのだが……。

「働きたい？」

「まぁ、何ができるってわけじゃないけど、何もしないってのも落ち着かないしさ」

パンとスープの昼食を摂《と》りつつ、冬弥は頷《うなず》く。

「船のことは素人だし、手伝えることなんてないかもしれないけど、掃除とかそういうのなら教えてくれればきっと手伝えると思うし……」

「自分から働きたいなんて言い出すとは、変わったやつだな」

冬弥の言葉に、キルクスはそう言って苦笑する。

「そんなΩ、見たことねぇぞ」

「Ωってそういうもんなの？」

思わず首を傾《かし》げたが、確かに数が少ないなら大事に保護されているのかもしれない。まぁ、奴隷とか人身売買とか不穏《ふおん》なことも、昨夜聞いた気はするが……。

「働く、で思い出したが、そういえばお前は魔法《まほう》が使えねぇのか？　お前の世界にはないと言っていたな？」

「それ、昨夜も誰かに言われたけど、ないものが使えるわけないだろ」

「それはそうか……」

そういえば、あの青年は、Ωはみんな魔法が使える、と言っていた気がする。

けれど、今キルクスにも言った通り、自分には魔法なんて全く使えない。つまりこれは……。

「なぁ、Ωは魔法が使えるのが普通なのか？」

「そうだな、使えないのは珍《めずら》しい類《たぐい》ではあるだろう。だが、だからといってお前がΩじゃないということはないぞ？」

「う……」

考えを読まれた気がして、冬弥は口をつぐむ。そんな冬弥に、キルクスは声をあげて笑った。

「異世界から来たってならこっちのΩと違《ちが》うところもあるだろう。とにかく、そういうことなら、別のことで役に立って貰《もら》うか」

「あっ」

「お頭《かしら》に姐《あね》さん、こんなところにどうしたんですか？」

昼食後、連れて行かれた甲板《かんぱん》でそう言ったのは、昨日最初に話しかけてきた青年だった。結局名前も聞いていない。

「トーヤが何か手伝いがしたいと言うから、まずは簡単なことからと思ってな」

「姐さんが洗濯の手伝いを？」

「変わったやつだろう？」

きょとんとする青年に、キルクスがからかうように笑って冬弥を見る。

「トーヤ、こいつはパセルだ。とりあえず今日は洗濯の手伝いでもしてろ。パセル、洗濯が終わったら、集会所に連れてきてくれ」

「わかりましたー」

パセルはキルクスの言葉に明るく返事をする。キルクスはそれに頷いてみせると冬弥を見つめた。

「明日までにお前もできそうな仕事をいくつか見繕《みつくろ》っておくから」

「わかった。ありがと」

キルクスはまた笑って冬弥の耳に軽く触《ふ》れると「頑張《がんば》れよ」と囁《ささや》くように言って甲板から去

って行く。

「ラブラブだなぁ」

「ち、ちが……っ」

にやにやと笑うパセルに、カッと頬《ほお》が熱くなった。

「いいっていいって。照れなくても」

どうにも楽しそうな様子に歯《は》噛《が》みしつつ、冬弥は反論をあきらめて頭を下げる。

「と、とにかく、よろしくお願いしますっ」

「姐さんは、頭とか下げないでいいんだよ」

「俺がお願いしてやらせて貰うんだし、教えて貰う側なんだから、頭下げるのは当たり前ですよ」

「へぇ……Ωなのに変わってるなぁ」

パセルは戸惑った様子だったが、キルクスに言われたせいもあるだろう、真面目《まじめ》に仕事について教えてくれた。

といっても、もう午後のため、洗濯物の取り入れを手伝うだけだったのだが……。

「朝の内に洗濯物を集めて、洗って干して、天気によるけど昼頃《ごろ》に取り入れるんだ」

本来は塩水で洗うらしいが、昨夜も聞いた魔《ま》法使《ほうつか》いのルードのおかげでこちらでも真水が使用できるらしい。

水の魔法は使えるやつも多いけど、需要《じゅよう》も高いから海賊船で雇《やと》えるのはすごいことなのだとパセルは言う。

「船にいる魔法使いは、ルードって人だけなんですか？」

「いや、お頭は有名な風魔法使いだし、もうちょっと弱いけどアルメントっていうやつもいるよ。そのおかげで、この船、めちゃめちゃ速いんだ。軍艦《ぐんかん》にだって負けないんだぜ。洗濯物もよく乾《かわ》くし」

「なるほど」

確かに帆船《はんせん》である以上、風が操《あやつ》れるというのは強そうだ。

キルクスが魔法を使えるというのは少し意外だけれど、元王宮魔法使いであるというフィンと繋《つな》がりがあるのも、そのあたりが関係しているのかもしれない。

「あと、料理長のソロンは、飯が美味《うま》いだけじゃなくて、少しだけ火の魔法が使えたんだよな。一日に一つか二つくらいなら発光石を作れるって聞いた」

「発光石？」

一瞬《いっしゅん》、火打石のようなものだろうかと思ったけれど、もしそうなら自分の耳にはそう聞こえただろう。すべて翻訳《ほんやく》されて聞こえているらしいから。

「知らないの？　ランプとかに入ってるやつだよ」

「へぇ……」

言われてみれば、ランプをちゃんと見たことはなかったなと思う。火がついているのだと、勝手に思いこんでいた。

「なぁなぁ、姐さんは、今までも船に乗って暮らしてたのか？」

「え？　いや、違いますよ」

「そうなのか？」

驚《おどろ》いた様子で言われて、首を傾げる。

「なんでですか？」

「全然船酔《ふなよ》いしてないみたいだから」

言われてみれば、そうだ。

「俺が初めて船に乗ったときなんて、ゲーゲー吐《は》いて、吐くもんなくなっても気持ち悪くてさ」

「それは、大変でしたね」

バスなどの移動で、酔ってしまう人間を見たことは当然ある。確かに大変そうだったし、そんな状況《じょうきょう》でも降りることができないとなれば、余計につらいだろう。

「まーね。あっ、今はもう平気だからな」

「はい」

得意げに言うパセルに、思わず笑いそうになりつつ頷《うなず》く。

「とにかく、最初から酔わないなんて、すげーと思うぜ。姐さんはきっと海賊《かいぞく》に向いてるよ」

確かに、そんなに具合が悪くなる場合もあるのだと思えば、自分は幸運なのだろう。

とはいえ、海賊に向いているというのはどうなのだろう……。

そもそも、自分は元の世界に帰るのだから、向いているもなにもない。

それに……。

「実は、船に限らず乗り物酔いってしたことがないんですよね」

だから、酔っていないことを不思議にも思わなかったのである。

「そうなのか？　まぁ、船に酔わないなら、馬車も大丈夫《だいじょうぶ》そうだよなぁ。そういや、酒も強いんだろ？」

「そうですか？」

「昨日だって結構飲んでたじゃん」

「確かに……？」

今までは酔うのは危ないと思って、飲むのは控《ひか》えていたから気づかなかったが、確かに少しふわふわした気分になった程度で、今朝も酒が残っているというような感覚はなかった。

「ますます海賊向きだなー。海賊はみんな酒が好きだからな」

「そういうものですか」

酔っ払《ぱら》い運転ということにならないのだろうかと思ったが、昨夜キルクスは一杯《いっぱい》飲んだら仕事に戻《もど》れと言っていた気がする。少なくともこの船では禁止されていないらしい。

「俺は酒も弱かったけど、最近は結構飲めるようになったんだ」

そういえばパセルは十代に見えるが、年齢《ねんれい》もここでは関係ないらしい。そもそも成人が何歳なのかも、そういった法律があるかも謎《なぞ》なのだが。

――海賊という時点で考えるだけ野暮《やぼ》なのか。

「パセルさんは、おいくつなんですか？」

「おいくつ……あ、歳《とし》か？　もうじき十九になるよ。姐さんは？」

「俺は、二十一です」

「えー！　ほんとに？　十八くらいだと思ってた」

「さすがに、それは……ちょっと……」

確かに、これまでも体が小さいせいもあって、幼く見られがちだったが十八は若すぎる。

そんなふうにパセルと話しているうちに、洗濯物の取り入れは終わった。

「このあとはどうするんですか？」

「お頭のと、副船長のと、航海長のは部屋に持ってって、あとは置いとけば自分で取ってくよ。姐さんを集会所に連れてけって言われたし、お頭のところは最後でいいかな」

「集会所は、キルクスの部屋の近くなんですか？」

「近くっていうか、隣《となり》。普通《ふつう》は廊下《ろうか》から入るけど、お頭の部屋からも繋がってるよ」

言われてみれば、キルクスの部屋には廊下側にあるのとは別にもう一つドアがあった。あれが集会所へのドアだったのか。

「そんで、この階段下りて、こっちが、副船長の部屋で、こっちが航海長」

船長室の手前にあった階段の下が、二人の部屋のある場所に繋がっていたらしい。

「この時間は中にはいないから」

「そうなんですか？」

「多分集会所にいると思う。そうじゃなきゃ操舵《そうだ》室か甲板《かんぱん》か……」

パセルは躊躇《ためら》うことなくドアを開けた。言葉通り中は無人だ。部屋の大きさはキルクスの部屋の半分程度だろう。ベッドも小さく、押し込めるように小さな机と椅子《いす》が置かれていた。

パセルはベッドの上に洗濯物を置くと、すぐにドアを閉める。

説明を聞きつつ階段を上り、キルクスの部屋に洗濯物を入れる。そして、一旦《いったん》廊下に出ると隣の部屋のドアを叩《たた》いた。

中から返事があり、パセルがドアを開ける。そこにはキルクスのほかに二人の男がいた。パセルの話からすると、副船長と航海長なのだろうか？

「ご苦労さん。パセルはもう行っていいぞ」

キルクスの言葉にパセルは冬弥に笑いかけると、小さく頭を下げて廊下を戻っていく。

「トーヤ、昨日は個別に紹介《しょうかい》するどころじゃなかったからな。今紹介しとく。こいつが副船長のラウザ。こっちが航海長のロシュ」

「ソロンさんて確か、火の魔《ま》法使《ほうつか》いの、料理長さんですよね？」

「ああ、そうだ。パセルにでも聞いたか？」

キルクスの問いに、冬弥は頷く。

「おいしい料理を作るって、言ってた……けど」

言いながら、思わずシチューに視線を落とす。正直な話、これはとても食べられるような代《しろ》物《もの》ではなかった。

しょっぱいを超《こ》えて辛《から》い。クリーミーさはかけらもなく、焦《こ》げ臭《くさ》さと生臭さが混然一体となっていて、最悪の不協和音を奏《かな》でていた。腐《くさ》っていると言われたら、むしろ納得《なっとく》するレベルだ。

「残念ながら、今朝早くにソロンは船を降りたんだよ」

「えっ？」

キルクスの言葉に、冬弥はぱちりと瞬《しばたた》く。

ロシュが補足してくれたところによると、ソロンは先日の戦いで膝《ひざ》をやってしまい、船を降りることになったのだという。もともと足はあまり良くなかったらしく、これ以上は難しいという判断だったようだ。

そして、今朝がた、家族が住む島の近くを通りがかった際、小舟《こぶね》で下船していったのだという……。

冬弥の脳裏《のうり》に浮かんだのは、昨日の潮汁《うしおじる》を口にした際、キルクスの言った『こんな美味《うま》いスープが飲めるのも今日が最後かもしれない』という言葉だ。

あれはどうやら当てこすりでもなんでもなく、あの料理を作ったソロンがいなくなることを指していたらしい。

「とりあえず料理人を雇《やと》い入れるまでは、雑用係のやつらで当番を決めて作るように言ってるが、今夜はひでぇ外れを引いたらしいな」

言いながらラウザはスプーンでシチューをかき混ぜていたが、口に運ぶことはしない。だが、それは冬弥も同じ気持ちだった。

食事を無駄《むだ》にするのは好きではないが、これはもう調理の時点で無駄になったのだと思うしかない出来だ。

「――あのさ」

「どうした？　無理に飲まなくていいぞ」

「あ、う、うん。ごめん……だけど、そうじゃなくて」

そこまで言って、冬弥は一度言葉を切る。

ちらりとキルクスを見ると、先を促《うなが》すように黙《だま》ったままじっと冬弥を見つめていた。

「俺に、手伝わせてくれないかな？」

「トーヤに？　手伝わせてくれって……料理を、か？」

驚《おどろ》いたように訊《き》かれて、一瞬躊躇《いっしゅんちゅうちょ》したものの、思い切って頷く。

「大勢の料理とか、作ったことないし、ソロンさんみたいには上手《うま》くできないと思うけど、これよりは——食べられるものは、作れる……と、思う。もちろん、俺が船を降りるか、次の人が見つかるまでの話だけど」

言った言葉に嘘《うそ》はない。

冬弥の母は料理が上手かったし、冬弥も多少の手ほどきは受けていた。それに、この三年はずっと一人で生きてきたのだ。自分の分の食事を作るくらいは、何とかしてきた。

「もちろん、みんなが口にするものなんだし、俺が信用できないっていうんなら、あきらめるけど……」

食事というのは、命にもかかわる問題だ。異世界から来て、すぐにでも元の世界に戻《もど》りたいなんて言う自分に任せられないというならば、それは仕方のないことだと思う。

キルクスは小さくため息をこぼす。

「お前を信用していない船員はこの船にはいない」

「ああ。キルクスの番《つがい》を疑うなんて、ありえねぇよ。船長の判断は絶対だ」

「感情論を抜《ぬ》きにしても、あなたの存在が何かの罠《わな》である可能性は極《きわ》めて低い。稀少《きしょう》なΩを罠に使うなんて、ありえませんし、あんな大海原《おおうなばら》で、我々が見つけなかったら、見つけても助けなかったら——考えれば考えるほど、無理があるでしょう」

口々に言う三人に、どうやら信用はされているようだとわかって、少しほっとする。

「……今この船に乗ってる人間は三十七人だ。その人数分の食事の支度《したく》ってのは大変だぞ？」

「分かる、とは言えないけど、想像くらいはつく」

材料を切るのだって大変だろう。鍋《なべ》を持ち上げるのも苦労しそうだ。けれど……。

「こう見えて、そこそこ腕力《わんりょく》はあるし、キルクスも、俺にできそうな仕事を探してくれるって、言っただろ？」

「――こんな、大変な仕事を割り振《ふ》る予定じゃなかったんだがな」

キルクスは苦笑する。

「食事は日に二回。揃《そろ》って食うんじゃなくて、空いてるやつが取りに行くから、昼を過ぎればほとんど鍋に張り付いてることになる。できるか？」

「できる」

こういう時は、頑張《がんば》るとかやってみると言うより、はっきり言いきってしまったほうがいいと、経験的に知っていた。

「だったら、とりあえず明日の夕食はお前に任せよう。昼食のあと、厨房《ちゅうぼう》に行け。話は通しておく」

「うん、分かった」

キルクスの言葉に、冬弥はそう言って、大きく頷いたのだった。

◆

船の中というのは、どこもかしこも窮屈《きゅうくつ》にできているものなのだろうか。

案内された厨房を見て、冬弥が最初に抱《いだ》いた感想はそれだった。

「とりあえず、乾《かん》パンは備蓄《びちく》があるから、用意するのはおかずです。昨日の夜は目を離したすきに、とんでもないことになりましたが」

苦虫を噛《か》み潰《つぶ》したような顔で言うのは、船で最年少だという、十六歳の少年である。名前はルイ。

ソロンの料理助手をしていたらしい。ほかに助手はもう一人いて、そちらはサリドという男だった。年はルイの一つ上の十七。無口なたちなのか、最初に挨拶《あいさつ》と名乗りをしてからは一言も喋《しゃべ》っていない。

また、ここまでの案内係としてパセルがいたが、中には入らず廊下《ろうか》からのぞき込んでいる状態だ。

「あんたには二度と厨房に入ってほしくないんすけど」

厨房の隅《すみ》に座って大量の芋《いも》らしいものの皮をむいていたサリドが、顔を上げないままぽつりと言う。

「悪かったって」

そう言ったパセルに、冬弥もハッとなった。おそるおそるパセルの顔を見る。

「……ひょっとして、昨日の夕飯……」

「俺俺」

はーい、と手を挙げたパセルに思わずため息を吐《つ》くとルイが隣《となり》で同じようにため息を吐いていた。

「くじ引きで当たってさ。本当に、二人ともごめんな」

「……悪気がなかったのは、分かってますから」

ルイはそう言い、サリドはため息を吐いてからもういいというように軽く手を振った。

「じゃ、夕飯楽しみにしてるぜ！」

パセルはほっとしたように笑顔《えがお》になるとそう言って、その場を離《はな》れる。

「ええと、それで、献立《こんだて》の件ですが……」

「分からないことだらけなので、ご迷惑《めいわく》おかけするかもしれませんが、よろしくお願いします」

冬弥がそう言って頭を下げると、ルイは慌《あわ》てたように「頭を上げてください」と言った。

「あなたは船長の番なんですから、俺たちなんかに頭を下げなくていいんですよ」

パセルと同じ反応をするルイに、冬弥は同じように、自分がここではあとから来た人間であり、世話になる以上は頭を下げるのは当然であると説明をした。

「Ωなのに珍《めずら》しいタイプっすね」

意外そうに言ったのは、サリドだった。

「……よく言われます」

冬弥は苦笑《くしょう》してそう言うと、まずルイから、厨房の使い方や、置いてある食材などについてを教わる。

かまどの使い方はわからなかったが、火の調整はしてくれると言うので、お願いすることにした。

食材については幸い、動植物の体系にはそこまで大きな差はないらしく、ニンニクや玉ねぎ、芋類など、なじみの深い食材も多くて安心した。

魚は見覚えのないものが多かったが、それがこちらの世界特有のものなのか、自分が知らないだけなのかはわからない。

「正直、あんまり魚には詳《くわ》しくないから、教えてくれると助かります」

「えっ、あ、はい。分かりました。でも、魚はサリドのほうが詳しいです。というか、ほかも……俺は、まだ見習いも始めたばっかりで、ほとんど配膳《はいぜん》番のようなものですから。ほら、サリド」

名前を呼ばれ、視線を投げられてようやくサリドがこちらにやってくる。

「わかったよ。じゃ、魚は俺が選ぶんで」

前半をルイに、後半を冬弥に言ったサリドに、冬弥はもう一度頭を下げる。

「お願いします。夕食は魚料理が多いんですか？」

「干し肉もあるけど、いい魚が取れなかったときと、祝いの席、あと上陸前に食材終わらせるときに使うことが多いっすね。いざとなればヤギ肉も使えるっす」

「ヤギ？」

「ミルク用に乗せているんですが……まぁ、非常食でもありますね」

ルイの説明に、なるほどと頷《うなず》く。

昨日のシチューに使われていたのもおそらくヤギのミルクだったのだろう。まったく感じられなかったが。

「夜の分の魚はいつ用意されるんですか？」

「もう来てますよ。今は、凍石《とうせき》を使って保存してあります」

そう言ったのはルイだった。

「凍石……？」

「知りませんか？」

「あ、はい。俺、魔法《まほう》とか全然知らなくて……」

冬弥の言葉に、二人は驚《おどろ》いたように顔を見合わせる。けれど……。

「大変でしたね……」

ルイがしょんぼりと肩《かた》を落として言う。

「え、いや、その、はは……」

これはどこかに幽閉《ゆうへい》でもされていたと勘違《かんちが》いされたかもしれない。けれど、異世界から来たなどと言うのもどうかと思い、結局ごまかしてしまう。

「凍石というのは、冷たくなる、氷魔法の石で……」

「周りの空気も冷やすんで、魚が悪くならないんすよ。日干しに向くやつは干してますけど」

「なるほど」

気を取り直して説明してくれた二人に、冬弥は頷く。

冷蔵庫のようなものがある、ということだろう。しかし、海賊《かいぞく》船というからもっと殺伐《さつばつ》としていると思っていたが、干物も作っているというのはなんだか和《なご》む話だ。

ほかにもいろいろと食材の話を聞きつつ、魚を見せてもらい、献立を考える。大量に作れて、配膳もそこそこ楽なもの。また醤油《しょうゆ》や味噌《みそ》、バターといった調味料がないことに気づいたため、作れそうなものは限られてくる。

「これは、ドライトマトですか？」

「はい、そうです」

どうやら、アクアパッツァなら作れそうだ。

二人に使う材料を説明し、サリドに魚を選んでもらいながら、ルイとともに野菜の下ごしらえを始める。

「――それで、捨てる予定だったとこも全部鍋《なべ》に入れちまって」

「もったいないって気持ちも、分かんなくはないんですけどね……」

「あー、そういうことだったんですね」

昨日の失敗についても話をしているうちに、少しずつぎこちなかった空気が平常のものになっていった。

最初は無口なのだと思っていたサリドは、こちらが訊《き》いたことにはきちんと言葉を尽《つ》くして答えてくれる。ルイは真面目《まじめ》なタイプのようだが、パセルへの怒《いか》りが解けたせいか、最初より柔《やわ》らかい印象だ。

「なんか、いろいろ訊いてすみません。でもすごく助かります」

途切《とぎ》れた会話の合間に、冬弥がそう言うと、サリドは軽く頭《かぶり》を振《ふ》った。

「まぁ、思ったようなお姫様《ひめさま》でもないみたいだし、全然いいっすよ」

「お姫様……」

それは、Ωというものに対する印象なのだろうか？

「――そういえば、俺、誰《だれ》に会っても『Ωっぽくない』みたいなこと言われるんですけど、本来のΩってどんな感じなんですか？」

ふと気になって訊くと、二人は顔を見合わせた。

「俺たちの国だと、Ωはお姫様です。俺がこの船に乗ってからは、まだΩに会ったことはないですけど、王様に嫁《とつ》ぐ人ですから……俺たちには雲の上の人ですよ」

「俺は二回見たっすけど、ひとりは嫁ぐ予定で移動中に襲《おそ》われてってパターンだったみたいで、自分は王妃《おうひ》になるんだからって、やたらと威張《いば》ってたっすね。助けてくれたお頭《かしら》に対しても、きゃんきゃんうるさくて……もう一人は奴隷《どれい》船に乗せられてて、十三の年から二年間船に閉じ込められていたとかで、ずっと泣いてたっす。二人とも、送り届けるまでの間、部屋から一歩も出なかったっすよ。ましてや働くなんてありえないって感じで」

確かに、そう言われれば自分はそのどれにも当てはまらない。

もちろんそれは、冬弥自身がΩなどというものを知らずに育ったせいもあるだろうし、もし二人が番《つがい》を得ないままであったならば、誰も彼もを警戒《けいかい》していたせいもあっただろう。

そう思うと、どうにも気の毒に思えた。

自分だって、キルクスに番にされ、もうほかの人間の欲望《よくぼう》に晒《さら》されることがないと知って、どれだけ安堵《あんど》したか知れない。

もっとも、それはキルクスが自分を番にしたためであり、キルクスのおかげ、とは思いたくないけれど……。

そんな話をしている間に、料理は完成した。

「どうですか？」

二人に味見をお願いし、緊張《きんちょう》しつつ感想を待つ。

「……美味《うま》いです！」

ルイの言葉に、サリドも頷いている。

冬弥はほっと胸を撫《な》で下ろした。

「二人とも、本当にありがとうございました」

「いいえ、役に立ててよかったです」

「あとは、人が来たらよそって出す感じですか？」

「ええと、最初に船長たちの部屋まで配膳をして、みんなにはそれから……」

「できたか？」

突然《とつぜん》、ルイの言葉を遮《さえぎ》るようにそう言って、キルクスが厨房《ちゅうぼう》をのぞき込んできた。

「あっ、船長」

ルイだけでなく、サリドも少し驚いたような、けれど喜色を浮《う》かべ、きらきらした目でキルクスを見つめている。よほどキルクスを慕《した》っているのだろう。

「完成してます。今持っていこうかと……」

「ありがとな。トーヤが作ってると思ったら、我慢《がまん》できなくて取りに来ちまった」

「俺がっていうか、三人の合作だよ」

冬弥がそう言っている間に、ルイは二人分を皿によそうと、トレイに載《の》せた。

「あ、あの部屋まで運びます」

「いや、ここまで来たんだ。ここで食ってく」

「ここでっすか？」

二人は驚いたように目を瞠《みは》り、顔を見合わせる。

「こんな邪魔《じゃま》になりそうなところで食べなくても――」

「すぐ片付けます！」

言いかけた冬弥の言葉を遮り、ルイは半ば叫《さけ》ぶように言った。そして、サリドと一緒《いっしょ》になって作業用のテーブルを片付け始める。

冬弥はあっけにとられたが、二人が片付けるのならぼうっと見ているわけにはいかない。しかし手を出す間もなく、テーブルの上は片付けられてしまった。

配膳《はいぜん》の合間に食事を摂《と》るときにでも使っているのだろうか。背もたれのない椅子《いす》が一つあり、サリドがそれをキルクスの前に置いた。そして、冬弥の前に、下ごしらえ中にも椅子代わりに使っていた、ひっくり返した木箱を置く。

「椅子が一つしかなくて、すみません」

「いや、その、そんなのは別にいいんですけど」

「船長と一緒に先に食べてしまってください」

「……すみません」

ルイの言葉に異を唱えようか迷ったが、結局そう言って頭を下げると、おとなしく木箱に座る。ここで逆らっても、ルイを困らせるだけだろう。それに、船長とその番の言葉。当然尊重されるのは船長の言葉に決まっている。

こうなったらさっさと食べて、仕事に戻《もど》ったほうがいい。

そう思いつつ手を合わせ、スプーンを手に取る。

ちらりと見ると、キルクスはすでに料理を口にしたようだ。

「……どう？」

おそるおそる尋《たず》ねると、キルクスは大きなため息をついた。

口に合わなかっただろうかと、冬弥が落胆《らくたん》しそうになったそのときだ。

「こんなに美味いんじゃ、厨房係をやめさせるわけにもいかねぇな」

「え？」

苦笑《くしょう》するキルクスに、冬弥はぱちりと瞬《しばたた》く。それから、ようやく言葉の意味を理解した。

「じゃあ、明日《あした》からも？　俺、ここで働いていい？」

「ああ、いいぞ。通常時の船長室への配膳はお前がすること。そんときに一緒に飯を食うことが条件だ」

キルクスの言葉に、冬弥は思わずルイたちのほうを見る。

二人は話を聞いていたのだろう。冬弥の視線を受けて頷《うなず》いてくれる。

「わかった。よろしくお願いします！」

冬弥はそう言うと、キルクスに向かって笑顔《えがお》を見せた。

◆

丁度日の沈《しず》み始めた頃《ころ》に、船の進行方向に見え始めていた陸地は、宵闇《よいやみ》の中、いよいよ近くなり、今はもうそこに町の明かりが見えていた。

「あれが、港町ホーシング？」

「ああ、そうだ」

甲板《かんぱん》の上で、冬弥が尋ねると、キルクスはどこか楽しげな表情で頷いた。

楽しげなのはキルクスだけではない。今朝からずっと、船の中はどこか浮かれた空気だった。

冬弥がキルクスに、一度港町に停泊《ていはく》し、船の清掃《せいそう》や修理を行うという話を聞いたのは、五日前のことだ。

冬弥が厨房で働くようになってから五日目。まだ五日ではあったが、評判は上々で、顔を合わせれば直接料理の感想を言ってくれる船員もいた。

だが、その仕事も今日から三日間は休みだ。

海賊行為《かいぞくこうい》によって得た宝石などを町で換金《かんきん》したり、船員に休みを与《あた》えたりもする必要があるのだという。また、船底の掃除《そうじ》や船の整備などを行うので三日間滞在《たいざい》するらしい。

「三日間、みんな久々の陸地で銘々《めいめい》楽しむことになる」

長く海の上にいたのなら、陸地の恋《こい》しさはひとしおだろう。

自分にとっては、まだ十日間のことだし、あまりに多くのことがあった上に、最初の三日はほぼ記憶《きおく》にないこともあり、大した時間ではなかったけれど……。

むしろ、初めてこの世界の街に行くのだと思うと、わずかに不安を感じる。

「ホーシングは特別な町だ。俺たちのような海賊の寄港にも目を瞑《つぶ》ってるし、船の修理や整備、品の買い付けから武器弾薬《だんやく》の補給までできる」

「随分《ずいぶん》と物騒《ぶっそう》な町なんだな」

「まぁな。柄《がら》の悪い連中がごろごろしてるぞ。だが、中立地帯でもある。ここでは、しがらみのある海賊同士でも戦闘《せんとう》は御法度《ごはっと》だ」

こういった町は貴重で、海賊同士が戦争でもして使えなくなるのは困る。そもそも、陸の上で決着をつけるのは海賊の矜持《きょうじ》が廃《すた》る、ということらしい。

「じゃあ、案外安全？」

「殺しにつながるようなことはないが、それでも酒だの女だの絡《がら》みの喧嘩《けんか》はしょっちゅうだからな。安全とは言えねぇよ」

「そっか……」

「まぁ、お前は俺といればいい」

キルクスはそう言って笑うと、冬弥の返事も聞かずに、船員に呼ばれてどこかへ行ってしまった。寄港の準備があるのだろう。

とはいえ、キルクスの言葉に反論する気はなかった。

船を追い出されては自分には行く当てもない。キルクスと寝食《しんしょく》を共にすることに不安が全くないといえば嘘《うそ》になるが、船では相変わらず、冬弥はキルクスと同じベッドで休んでいるのだ。約束通り、特に何もなかったことから、ひょっとすると件《くだん》の『発情期』以外は何もしないのが普《ふ》通《つう》なのかもしれない。聞いたわけではないから、はっきりとは分からないが、ありえなくはない気もする。

だったらいいなと思うけれど……。

やがて、船は無事に港へと入り、船に乗っていた海賊たちは、三々五々町へ散らばっていった。

「さてと、俺たちも行くぞ」

キルクスに促《うなが》され、冬弥は頷いてそのあとを追う。

町はずいぶんと賑《にぎ》やかだった。そろそろ夕食の時刻も終わる頃だろうが、あちこちの店からは煮《に》炊《た》きするいい香《かお》りと、喧噪《けんそう》、酔客《すいきゃく》のものだろう調子の外れた歌声や、怒鳴《どな》り声が溢《あふ》れている。

店先にかけられたランプを照らしているのは、炎《ほのお》でも電気でもなくオレンジの光を放つ石だ。

パセルが言っていた発光石。

聞いた日の夜、キルクスの部屋でじっくりと見ていたら、火の魔力《まりょく》が込められていて、効果は短くて一晩、長いものは一ヶ月以上持つのだと教えてくれた。ごく少量だが煤《すす》が出るため、ランプのガラスを磨《みが》くのは、家庭で子どもたちに与えられる定番の仕事だということも。

冬弥にとっての子どもの頃の仕事といえば朝、リビングのカーテンを開けることだったけれど……。

「わっ」

少しぼんやりとしていて、通りすがった男にぶつかりそうになった冬弥の肩《かた》を、キルクスがぐいと引く。

「興味を持つのはいいが、あんまりぼうっとするな」

「ご、ごめん……」

苦笑されて、慌《あわ》てて謝罪すると、手を握《にぎ》られた。

「はぐれないようにな」

「……うん」

子どものようだと思ったが、確かにここではぐれたら、もう再会できる気がしない。

「どこに向かってるんだ？」

「そうだなぁ……食材の仕入れだけすればいいかと思っていたが、せっかくだ。少し見て回る

か」

そう言ってキルクスが連れて行ってくれたのは、飲食店の立ち並ぶ通りから外れた、少し静かな一角だった。

「ここらの海域を通る商船が積んでるようなものなら何でも揃《そろ》ってるが……ああ、あそこだ」

どうやら、目当ての店があったらしい。

猫《ねこ》の形の看板の下に、見知らぬ文字で『魔法道具』と書かれている。見知らぬ文字なのに書かれている言葉が分かるのがどうにも不思議だが、ありがたいと思うべきだろう。

「魔法道具？」

「一番興味がありそうだからな」

確かに、キルクスの言う通りだった。

木製のドアを開け、店の中に入る。店はあまり広くはない。だが、所狭《ところせま》しと物が積まれていて奥まで見通せないほどだ。

発光石と書かれた木箱の中には、黒い石が入っている。これがあんな鮮《あざ》やかなオレンジに光るとは、到底《とうてい》思えないけれど……。

「また発光石か？」

「これが、光るって不思議だから……どうやって光らせるの？」

「すでについている発光石を近づけるか、何か固いものに擦《こす》り付ければいい」

「マッチみたいな感じか」

「マッチ？」

冬弥の呟《つぶや》きに、キルクスが首を傾《かし》げる。

「俺の世界の火をつける道具」

もっとも今はそれほど使われていない気もするけれど。

「これ手で持って擦るの？　熱くないのか？」

「すぐには熱くならないが……いいか」

キルクスは木箱の中から一つを手に取ると、棚《たな》に並んでいたランプも持って奥へと進んでいく。

そこには古ぼけたカウンターがあり、店主らしき男が座っていた。

「これをもらおう」

「お、船長さんいらっしゃい。七百五十だよ」

どうやら顔なじみらしい。言われるままに、キルクスは革袋《かわぶくろ》の中からいくつかの小銭《こぜに》を取り出してカウンターに並べた。

「ほら、つけてみろ」

「え、いいの？」

渡《わた》された発光石とキルクスを見比べると、キルクスは頷《うなず》いて、ランプの笠《かさ》を開けてくれる。

「えと、どこに……」

「こちらにどうぞ」

擦り付ければいいとは聞いていたが、どうすればと戸惑《とまど》う冬弥に、店主がカウンターの端《はし》に貼《は》られた手のひら大の鉄板のようなものを指さした。

「ありがとうございます」

礼を言って、冬弥は手の中の発光石をじっと見つめる。三角錐《すい》のような形の石はまだ真っ黒だ。その尖《とが》った部分を、冬弥は思い切って鉄板に擦り付けた。

「あっ」

擦り付けた部分がオレンジ色に光る。

「その光っている部分は熱を発している。ずっと持っていれば火傷《やけど》するから、全部が光る前にランプに入れるんだ」

ほら、とランプを差し出されて、そこにそっと石を入れる。じわじわと明るい部分が広がっていき、やがてすべてがオレンジに光り始めた。

「これで三日は持つ」

「へぇ……」

ここにいる間はずっと、光り続けるということらしい。

「ところで、船長。お連れさんはΩですかい？」

「――ああ。俺の番《つがい》だ」

「そんな警戒《けいかい》しないでくださいよ。リキッド船長のときからのよしみじゃないですか。番を得たとはめでたい。何か祝いの品の一つも贈《おく》らせてもらいますよ」

そう言うと男はカウンターの後ろの棚をがさごそとかき回し、いくつかの小瓶《こびん》を取り出した。

「回復薬と……こっちはなんだ？」

「発情期を遅《おく》らせる薬ですよ。三日ほどしか効果はないですが、どうしてもってときもあるでしょうからね」

「……害はないんだろうな？」

「昔は一般《いっぱん》にもごく普通に使われてたものですから」

にこにこ笑う顔はやや胡散臭《うさんくさ》くも思えるが、ただの善意に見えなくもない。

「もらっておこう」

「他《ほか》にも何かお求めですか？　それならランプはここに置いといてかまわないですよ」

「そうだな。もう少し店内を見てみるか？」

キルクスにそう訊《き》かれて、冬弥は素直《すなお》に頷く。

その後は、ほんのわずかだが宙に浮《う》くことのできる、妖精《ようせい》の鱗粉《りんぷん》からとれるという不思議な粉や、あまり熱を発しないという発光石とは逆に、光らないが強い熱を発するという熱焦石《ねつしょうせき》、逆に冷やすことのできる凍石《とうせき》、強い風を吹《ふ》かせることのできるグハジの石など、いろいろなものを見せてもらった。

多いのはやはり、魔法の込められた石で、中に込められた魔力が切れれば使えなくなるという、使い捨ての魔法道具だ。

逆に妖精の鱗粉のような自然由来のものは、一瞬《いっしゅん》で効果が失われるものが多く、手に入れることが難しいものや、それを力に変換《へんかん》して作られるような魔法道具は大掛《おおが》かりで、大変に高価になるのだと知った。

「面白《おもしろ》かった！」

店を出た途端《とたん》思わずそう言った冬弥に、キルクスが楽しそうに笑う。その笑顔《えがお》に少し気恥《きは》ずかしくなったけれど、楽しかったのは事実だから仕方ない。

「連れてきてくれて、ありがと」

「どういたしまして。じゃあ、あとは食い物買って宿に向かうか」

頷くと、再び手を取られて、そのまま並んで歩き出す。冬弥の、つないでいないほうの手には先ほど買ったランプがあり、中では発光石がぼんやりと光っている。

この世界は電気がない代わりに、それで行えることのいくつかに魔法を代用しているのだとよく分かった。

いつかは洗濯《せんたく》機や掃除《そうじ》機に代わるような魔法道具も、作られるのかもしれない。

そんなことを考えているうちに、先ほどよりは多少にぎわっている通りに戻《もど》った。キルクスが慣れた様子で買い物をしていく。

けれど、意外にも買っているのは、総菜のような出来上がった料理ではなく、野菜や肉といった食材のほうだ。冬弥に作らせるつもりなのかとも思ったが、それにしては特に買うものの相談もない。

「……ひょっとして、キルクスが料理するのか？」

「しちゃおかしいか？」

「おかしいとまでは言わないけど、なんか、意外っていうか」

「まぁ、楽しみにしてろ。いつもお前には美味《うま》いもん食わしてもらってるが、俺だってなかなかのもんだぞ」

その後、買い物を終えたキルクスが向かった先は、先ほどの魔《ま》法《ほう》道具の店のあった通りよりもさらに静かな場所だった。

住宅街なのだろう。そここの家の中の明かりが漏《も》れているが、大きな声はしない。

「ここだ」

「……ここ？」

そこはごく普《ふ》通《つう》の家のように見えた。キルクスはドアの鍵《かぎ》を開けると、中へと入って行く。

当然、冬弥もそれに続いたが、中もやはりごく普通の住宅のようだった。キルクスはいくつかの発光石に明かりを灯《とも》すと、室内に設置されているランプの中に放《ほう》り込んでいく。

「ここ、キルクスの家？」

「まぁ、そうだな。借家だが、おかげでいない間は面倒《めんどう》を見てもらえる」

確かに、長期間留守にしていたというような埃《ほこり》っぽさはない。誰《だれ》かが風を通してくれているのだろう。

「あ、それ凍石？」

「ああ、そうだ。これは水につければすぐに冷たくなる」

つまるところ、この箱が冷蔵庫ということだろう。厨房《ちゅうぼう》に置かれていることもあり、なじみのある箱ではあるが、石自体を見るのは初めてだった。

やってみるかと訊かれて、冬弥は頷く。

「水は……」

「ここだ。ここから出る」

「……水道があるんだ」

馬鹿《ばか》にしていたわけではないけれど、なんとなく井戸《いど》などから汲《く》んでくるとか、そういったものを想像していた。しかし、上水道が完備されているらしい。

「珍《めずら》しいか？」

「そういうわけじゃないけど……」

凍石を指示通り水に入れ、箱に移しつつ聞いたところによると、町の中心に水魔法で飲用できるようにされた水が溜《た》めてあって、それが分配されているのだという。

「本当に、魔法が生活に根付いてるんだな」

「魔法がない世界で、お前がどうやって生きてきたのかのほうが、俺には不思議だ」

買ってきた食材の一部を箱の中にしまいながら、キルクスは本当に不思議そうにそう言った。

確かに、これだけ魔法が普通に浸透《しんとう》しているなら、そう思うのも無理はない。

「俺の世界は、魔法じゃなくて、科学っていうのが進歩してるんだよな」

「科学が？」

その言い方に、この世界にも科学がないわけではないのだと気づいた。ただ、それほど重要視されていないのかもしれない。

「そう。科学の力……って一言で言っていいのか分かんないけど、水道もあるし、明かりも付けられるし、食材も冷やせるし、空も飛べる。だから魔法がなくても大丈夫《だいじょうぶ》」

「へぇ、そういう世界もあるんだな。もっと聞きたいところだが……お前はちょっと休んでろ。できたら呼ぶから」

「なんか手伝わなくていいのか？」

「今日のところは俺に任せとけ。家ん中、見て回っていいぞ」

キルクスはそう言うと、冬弥をキッチンらしき場所から追い出した。

「見て回ってていいって言われてもなぁ」

呟《つぶや》いて、冬弥はぐるりと室内を見回す。玄関《げんかん》を入ってすぐのここはおそらくリビングだろう。窓際《まどぎわ》に小さなテーブルと椅子《いす》があり、真ん中にソファが一つ置かれている。隣《となり》が現在キルクスのいるキッチン。そのほかに扉《とびら》は三つある。順当に考えれば、寝室《しんしつ》とバスルームとトイレだろうか。

冬弥は玄関先に置いてきたランプを手に取り、そのうちの一つを開けた。予想通り、そこは寝室らしき場所だった。ベッドが一つあり、クローゼットが置かれている。ベッドが一つしかないことは予想していたことではあったが、船のものの倍ほどもある大きさだったことに少しほっとする。

次に開けたのは、バスルームのドアだった。船にはなかった湯船が設置されている。船では体を拭《ふ》く用の水の配布が毎日あり、それとは別に三日に一度はシャワーの使用も認められていると聞いていた。だから、てっきり湯船につかる習慣はないのだろうと考えていたが、あれは船内という環境《かんきょう》のせいだったらしい。

次にここがトイレだろうかと開けたドアの向こうは、意外にも書斎《しょさい》のようだった。机と椅子のほかに、本やくるくると巻物のように丸められた紙らしきものが積まれた棚《たな》があり、壁《かべ》には何か絵のようなものが貼《は》られていた。

ランプを掲《かか》げてよく見ると、見たことのない図形にいくつも文字が書き込まれている。

その中に『サディーク王国』というものを見つけて、冬弥は目を瞠《みは》る。

「あ……ひょっとしてこれ、地図か？」

海を挟《はさ》んだ反対側に『タルトス共和国』という文字もある。

当然だが、大陸の形は見たことのないもので、本当にここは、知らない世界なのだと改めて思う。

ぐっと地図に近寄り、冬弥はその中にエイボン王国とバルクーク帝国《ていこく》、ホーシングなど、聞いた名前を探す。そんなことをしている間に、室内にはいい匂《にお》いが漂《ただよ》い始めた。

くぅ、と小さく腹が鳴り、冬弥は思わず自分の腹を押さえる。

「ここにいたのか。できたぞ」

そう言ってキルクスが書斎に顔を出したのは、その直後だった。

そのまま入ってくると、机の前にあった椅子を持ちあげる。

「ほら、行くぞ。料理が冷める」

「行くけど……」

「ああ、これか。椅子が一つしかないのを忘れてた」

そう言われてみれば、そうだったなと思う。手伝うべきかとも思ったが、考えるうちにキルクスはさっさとテーブルの前に椅子を置いた。

小さなテーブルの上には料理が並んでいる。どうやらメインは肉料理のようだ。

「ほら、座れ」

キルクスは持ってきた椅子に掛《か》けると、そう言って冬弥にもともとあったほうの椅子を勧《すす》める。椅子に座ると、ジョッキに赤い色の液体が注がれた。香《かお》りからして、おそらく赤ワインだろう。

「いただきます」

手を合わせて、フォークを肉に突《つ》き刺《さ》す。赤身の肉は牛肉よりは癖《くせ》のある味がしたが、甘めのソースと香辛料《こうしんりょう》が合っていておいしい。

「どうだ？」

「すごく、おいしい」

素直《すなお》にそう言った冬弥に、キルクスは自慢《じまん》げに笑う。

「パンにはさんでもうまいぞ」

トルティーヤとナンの中間くらいの厚みの白っぽいパンは、先ほど店先で買ったものだったが、軽く焼いたのかほんのりと温かい。

言いながら実演してみせるキルクスをまね、そこに肉を載《の》せて半分に折るようにして挟み込み、かぶりつく。

「……キルクス、料理上手《うま》かったんだ」

「そうだろう？」

「船長なのに料理が上手いなんて、変な感じだけど」

正直、自分の作る料理よりおいしいかもしれない。

「俺だって、最初から船長だったわけじゃないからな」

ジョッキに口をつけつつ、キルクスは言う。確かに、それはそうだろう。

「リキッド船長、って言ってたよな」

魔法道具屋の男の言葉を思い出して口にすると、キルクスが頷《うなず》く。

「偉大《いだい》な船乗りだった。この辺の海賊《かいぞく》で、リキッドの名前を知らないやつはもぐりだな」

「そんなに有名だったんだ？」

「ああ、そうだ。リキッドはただの海賊じゃない。水の魔法を操《あやつ》る魔法使《まほうつか》いで、その力で誰も足を踏《ふ》み入れなかった海峡《かいきょう》を渡《わた》り、新しい島をいくつも発見した冒険家《ぼうけんか》でもあった」

「憧《あこが》れてたんだ？」

きらきらと目を輝《かがや》かせるキルクスに、冬弥は思わず微笑《ほほえ》む。

「もちろん。俺は十四になってすぐ、頼《たの》み込んで船に乗せてもらったんだ。まぁ、最初は断られたけどな」

「へぇ……」

けれど、十四といえば、まだまだ子どもだろう。

「キルクスの家族は……」

どうしていたのか、反対しなかったのか、と訊《き》こうとして、冬弥は口をつぐむ。

短い付き合いではあるが、キルクスから家族の話が出たことはない。訊くべきことではなかったかもしれなかった。

けれど、そんな冬弥に、キルクスは苦笑《くしょう》して口を開いた。

「俺の家族は、俺が船を持ち、名が知られるまでは、俺が海賊になったことも知らなかっただろうな」

「知らなかったって……」

いったいどういう意味だろう？　離《はな》れて暮らしていたのだろうか？　十四になる前から？

「母親が生きていれば、止めただろうが」

その言葉に、冬弥は曖昧《あいまい》に頷く。

言い方からして母親以外の家族は生きているのだろう。だがなんとなく、それならばよかったと言えるような関係性ではないのだというのだけは、伝わってきた。

「まぁ、今は船の奴《やつ》ら全員が家族みたいなもんだ。もちろん、お前も含《ふく》めて」

「……俺のことは、含めなくていいんだけど」

そう口にしたものの、キルクスが笑ってくれたのでほっとする。何やら事情がありそうだが、すぐにいなくなる自分が、突っ込んで訊いてもいいような話ではないと思う。

「よければ、トーヤのことも聞かせてくれないか。話したくなければ、話さなくてかまわない。家族の話でなくとも、お前の世界の話でもいいぞ」

そう言われて、冬弥は思わず言葉に詰《つ》まり、それをごまかすようにジョッキに口をつける。

やはり入っていたのは、ワインだった。少し渋《しぶ》いがいい香りがして、ワインを飲みつけない冬弥でもおいしいと感じる。

「……じゃ、最初に言うけど、俺の名前、正確には『トーヤ』じゃないんだ」

真ん中を伸《の》ばす発音をされているのは、気になっていた。今までは特に訂正《ていせい》する気も起きなかったが、なんとなく言おうと思ったのは、先ほどの『家族』という言葉のせいかもしれない。

家族なのに正確な名前も知らないのは、さすがにおかしい気がして。もちろん、家族だと認めたわけではないのだが……。

「そうなのか？」

「ああ、ト・ウ・ヤ。字にすると、こうだな」

言いながら、テーブルの上を人差し指でなぞる。

「まてまて」

キルクスが立ち上がり、書斎から紙とペン、インク瓶《びん》を持ってきた。冬弥は素直にそれを受け取り、漢字で名前を書く。

「これで、トウヤ……冬弥か。きれいな文字だ」

「ありがとう」

「お前の世界の文字は、すべてがこういった図形のような文字なのか？」

「いや、もっと簡単なものもあるし、そもそも国によって違《ちが》うから……俺のいた国は複雑なほうかな」

「なるほどな」

キルクスは軽く息を吹《ふ》き付けてインクを乾《かわ》かすと、大事そうに紙を畳《たた》んで懐《ふところ》に入れた。どうにも面映《おもは》ゆかったが、それをごまかすように、冬弥は口を開く。

「俺の世界は、さっきも言ったけど、科学の発達した世界でさ」

家族のことよりも、話しやすいことから話し始める。

「魔法は……物語とか、ゲームとか、そういう世界だけのもので、実在はしない、っていうのが普通《ふつう》の考え。俺はそういうのあんま詳《くわ》しくないから、説明しにくいけど……」

「信じている者もいる？」

「多分ね」

頷いて、冬弥はこちらの世界との違いについて、ぽつぽつと自分の感じたことを話していく。

そうして話しながら杯《さかずき》を重ねるうちに、のどのあたりが温まったような気がして、冬弥はゆっくりと口を開いた。

「――俺の家族は両親だけだったけど、二人はとても仲がよくて、いつも一緒《いっしょ》にいた。死ぬときも一緒に、事故で死んだんだ」

「……そうか」

すまないとも、聞いて悪かったとも言われなかったことに、逆に安心する。謝罪されるようなことではないと、思っていたから。

もちろん、謝罪してくれる人のやさしさや、礼儀《れいぎ》正しさまで否定するわけではない。突《つ》かれたくない、話したくないと思う人も多いだろうし、そうしてくれるのはきっとありがたいことだ。

ただ、謝らなくてもいいのにと、そう思う。

「ずっと一人で暮らしていたのか？」

その問いかけに、まだ自分の身の上話を続けてもいいと言われた気がして、冬弥は頷いて口を開く。

仕事先で出会った男に追い回されて、縁切《えんき》り寺に行ったこと。そこで池に落ちて気づいたらこの世界にいたことを、冬弥は順を追って話した。

「やはり、向こうでもΩであることの影響《えいきょう》はあったんだな」

「今思えば、そうだったのかもしれないけど……。でも、母さんたちがいた頃《ころ》は、モテモテでいいわね～とか、さすがお父さんの息子《むすこ》ね、みたいに言われててさ。ただののろけの材料っていうか……だから、俺も大して気にしてなかった」

思い出すと、やはり少し切ない。

本当に自分がΩだとして、自分がどうしてΩになんて生まれてしまったのか分からないけれど、それでもあの両親から生まれてよかったと、冬弥は思う。

かなうならばもっと、長く生きていて欲しかったけれど……。

「いい両親だったんだな」

「……うん」

じわりと、鼻の奥が熱くなって、冬弥は俯《うつむ》く。

キルクスが立ち上がったことに気づいたが、顔を上げることはできなかった。

けれど……。

ぎゅっと、背後から抱《だ》きしめられて、冬弥は目を見開く。

ぽたりと、あごの先からしずくが落ちた。

「これからは、俺がずっと一緒だ。お前の両親の代わりに、俺がお前を守る」

真摯《しんし》な言葉に、一瞬《いっしゅん》頷きそうになって、そっと息を吐《は》いた。

「俺はもう、子どもじゃないよ」

「子どもだと思っているから守りたいわけじゃない。お前が大切なんだ」

「――……帰るって言ってるのに？」

「もしも帰れるとしても、お前をそんな世界に帰したくない」

「そんなこと、言うなよ」

『船の奴ら全員が家族』とキルクスは言った。そこに、自分も含まれているのだと。

大切だから、両親の代わりに、自分を守ってくれると。

番《つがい》だなんだと言われるよりも、その言葉は冬弥の胸を揺《ゆ》さぶった。

庇護《ひご》されたいと思うような年齢《ねんれい》ではない。もう一人で、生きていける。この三年、冬弥はずっと一人で生きてきた。

誰《だれ》かに頼《たよ》ることは、ただただ恐《おそ》ろしかった。

ずっと、あの底知れない欲望《よくぼう》に晒《さら》されることに怯《おび》えていた。

けれど今はもう、そんなものに怯えなくていい。船の人たちはみな、海賊《かいぞく》だということが嘘《うそ》のようにやさしく、多少粗暴《そぼう》であってもそこには信頼《しんらい》があると感じる。

自分に欲望を向けてくるのは、キルクスただ一人だけ。けれどそれを底知れない、とは思わない。

キルクスと、今までの人たちと、何が違うのだろう？

むしろ、キルクスのしたことが一番ひどいと、言えないこともないと思う。散々抱いて、噛《か》みついて、番なんてものにされて……。

けれど、自分が求めたのも事実だ。

キルクスが欲しくてたまらなかった。

それだけが、今までと全く違うところだろう。

自分から、惹《ひ》かれた。初めて見たそのときにすでに、心が引き寄せられていた。

「冬弥」

頰《ほお》に触《ふ》れた指がゆっくりと、冬弥の顔を仰向《あおむ》かせ、唇《くちびる》にキルクスの唇が重なる。

それをいやだと思えない自分はおかしい。おかしいと思うから、いやではないという気持ちに逆らうように、冬弥はキルクスを押し返そうとした。

だが……。

不意にキルクスから、ほんのりと甘い香りがしていることに気づいて、冬弥は手を止める。

発情期のときに感じたようなはっきりとしたものではなく、残り香《が》のようなささやかなものだ。

けれど、冬弥の背中を押すには十分だった。理性という名の手綱《たづな》が、するりと手の内から逃《に》げていく。

「キルクス……っ」

押し返すはずだった掌《てのひら》が、キルクスのシャツをぎゅっと摑《つか》む。

もう一度、唇が重なった。

「……っ……ん、んっ」

先ほどよりも深い口づけに、酩酊《めいてい》したようにくらくらとして、体の奥が蕩《とろ》け始める。

唇が離《はな》れる頃には、ぐったりと体から力が抜《ぬ》けていた。そんな冬弥を、キルクスは抱き上げ、すぐそばのソファへと押し倒《たお》す。

「我ながら、がっついてるな」

苦笑《くしょう》交じりの言葉を口にしながら、キルクスの指がシャツのボタンを外していく。言葉のわりに丁寧《ていねい》な所作だった。だがそれでも、六つしかないボタンがすべて外されるまではあっという間で、すぐにシャツを脱がされ大きな手が直接肌《はだ》に触れる。

「あ……っ」

ただ、撫《な》でられただけで、触れられた場所に熱が灯《とも》った。

じわじわと広がる熱が、内側から自分を溶《と》かしていく。キルクスのことを番だと認めたわけじゃない。発情期の間のことも、まだ整理がつかなかった。

なのに。

「ん……あぁ……！」

キルクスの指が、胸の一か所でくるりと円を描《えが》く。それに応《こた》えるように尖《とが》り始めた乳首《ちくび》を押しつぶされて、高い声がこぼれた。

こうして触れられてしまえば分かる。自分が望まなくとも、自分の体は、キルクスの熱を求めてやまないのだと……。

もちろん、最初のときのような、訳も分からないほどの渇望《かつぼう》とは違《ちが》う。だが、ずっと足りなかったものを埋《う》められていくような、言いようのない充足《じゅうそく》感があった。

同時に、快感を与《あた》えられて、足の間がとろりと濡《ぬ》れるのが分かる。

「や、ぁ……っ、こんな……おかしい……っ」

「おかしなことなどない。素直《すなお》に感じていればいい」

キルクスはそう言うけれど、こんなふうに内側から濡れる感覚になんて、すぐに慣れられるはずもない。本当に自分が蕩けてキルクスと一つになろうとしているみたいで……。

発情期でもないのに、なんでこんなふうになってしまうのだろう？　これが、Ωという性なのだろうか。

「あ、だめ……見る、な……あぁ……っ」

ズボンと下着をまとめて脱《ぬ》がされて、冬弥はキルクスの肩《かた》に縋《すが》るように抱きつく。こうしてぎゅっと抱きしめてしまえば、見られる心配もないだろうと思ったからだ。

だが……。

「かわいいな、お前は」

うれしそうに言われて、同時に、濡れた場所へと指が触れる。

ぷちゅりと音を立てて、中に指が入り込んでくるのが分かった。見えなくとも、音で、感《かん》触《しょく》で、そこがとろとろに濡れそぼっていることは分かってしまっただろう。

「んっ、あっ……あ……っ」

「そんなに締《し》め付けるな」

「ち、ちが……そんな、つもり……っ」

ゆるゆると頭《かぶり》を振《ふ》ったけれど、実際はキルクスの言う通りだった。入り込んだ指を、そこはもっというように締め付けてしまう。

　そこを割り開くように、キルクスの指は容赦《ようしゃ》なく進んでくる。それが、また気持ちよくてたまらなかった。

「あ、あっ……んっ、ぅぅっ」

　ぐちゅぐちゅと音を立てて、何度も抜き差しを繰《く》り返し、ゆっくりとそこを広げていく。

　それが何のためなのか、冬弥はよく分かっていた。なのに、あらがうことなど到底《とうてい》できなくて……。

　やがて指を抜かれ、代わりに熱いものが押し当てられる。

「入れるぞ」

「だ、だめ……っ」

　とっさに、そう口にした冬弥に、キルクスが小さく笑った。

「海賊が、そんな言葉で止まると思うのか？　――お前のすべてを、奪《うば》ってやる」

　獰猛《どうもう》なほどの欲望を含《ふく》んだ声に、ぞくりと背中がしびれた。

　奪われたい。支配されたい。すべて、この人のものになりたい。

　自分でも信じられないような感情が、胸の中を吹《ふ》き荒《あ》れた。

　そして……。

「あ…っ、あ、あ……んっ」

割り開くように、キルクスのものが入り込んできた。

ゆっくりとではあったが、決して止まることなく、奥まで入り込んでくる。

やめて欲しいとは思わなかった。自分に絶望しながらも、そんな感情すら快感にすべて塗《ぬ》りつぶされていく。

「あんっ、んうっ……」

ぐっと上から押し込むように、深い場所まで押し入れられて、ようやくキルクスの動きが止まる。

「全部、入ったぞ」

そう言われて、そこがキルクスのものをぎゅっと締め付けたのが分かった。

「だめって……言ったのに……っ」

「すべて奪うと言っただろう？」

キルクスは獰猛な笑《え》みを浮《う》かべると、ずるりと自分のものを抜き出す。

「ひ……っ、ああっ、あ、あ！」

すぐにまた、奥まで埋められた。それを何度も繰り返される。動きが少しずつだが、確実に速くなっていく。

「あ、ん…っ、あ…っ、あっ、あぁ……っ」

繫《つな》がった場所からは、ひっきりなしに濡れた音がしていた。

それだけではない。まだ触れられていない場所はいつの間にか固く立ち上がり、キルクスの逞《たくま》しい腹筋に擦《こす》られて……。

「あ、あぁっ……あ……っ」

腰《こし》を抱《かか》えられ、中の深い場所をかき混ぜられて、与えられる快楽にただ声をこぼした。

「あっ…あぁ…っ」

そうして、前に触れられることもないまま、冬弥は絶頂に達してしまう。

それでも、キルクスのものはまだ中をかき混ぜていて……。

イッたばかりのびくびくと震《ふる》える体を抱《だ》き上げられて、今度は下から突《つ》き上げるように揺《ゆ》さぶられる。

やがて、キルクスのものを中に注がれたのを感じながら、冬弥もまた二度目の絶頂を迎《むか》えていた……。

◆

「休みはどうだった？」

昼食を取りに来たパセルに訊《き》かれて、冬弥は思わず言葉に詰《つ》まった。

厨房《ちゅうぼう》での仕事が始まってからも、パセルとはよく話をしている。パセルは洗濯《せんたく》物を取り入れてから来るため、昼食の時間が遅《おそ》いことが多く、今も鍋《なべ》の底が見え始めていたところだった。

「ど、どうって……パセルさんは？　パセルさんは何してたんですか？」

「俺はさー――――」

パセルはそのままここで昼食を食べていくことにしたらしい。勝手に厨房の椅子《いす》に座ったことに、サリドは眉《まゆ》を顰《ひそ》めたが、特に出て行けとは言わなかった。

冬弥は楽しそうに休暇《きゅうか》中のできごとを話し出すパセルに相槌《あいづち》を打ちつつ、内心ほっとして玉ねぎの皮をむく作業に戻《もど》る。夕食の献立《こんだて》は、昼食の前にすでに決めてあった。

三日間の休暇が終わり、船は再び出港した。

行先はもちろん、フィンという魔法使《まほうつか》いの住処《すみか》である。

キルクスが言い出したときはそこまで考えていなかったけれど、実際に船で向かって貰《もら》うとなると、自分のために全員に動いてもらうことになるのだと分かってしまい、申し訳ない気がしてくる。

正直、四日前の、休暇前の自分だったら、もっと毅然《きぜん》としていられただろうと思う。

冬弥は深いため息を吐《つ》いた。

キルクスが自分を抱いたのは、休暇の初日だけだ。あの晩のことを、後悔《こうかい》していないとはとても言えない。

酒のせい、ということにならないだろうかと、何度も思った。

けれど、そうではないことは自分が一番よく知っている。むしろ酔《よ》ったとしたら、それは酒にではなくあの匂《にお》いに、だ。

そして、キルクスの言葉に……。

情けない、と思う。

ずっと一緒《いっしょ》にいてくれる。守ってくれる。……大切だから。

そんな言葉に、こんなに簡単に心を動かされるなんて、どれだけ自分は一人で立つことに疲《つか》れていたのだろう？

そんなふうに揺れ動くまま、キルクスに抱かれた。

酒のせいにも、キルクスのせいにもできない。自分が受け入れたことだ。

――俺は、どうしたいんだろう？

キルクスを受け入れるということは、こちらに残ることと同義だ。キルクスの番《つがい》として生きるなら、元の世界に戻ることはできない。

当然、フィンのもとへ行く理由もなくなる。

あの晩のことを理由に、フィンに話を聞くという約束を反故《ほご》にしないでくれたキルクスには、感謝するべきだろう。

キルクスは冬弥の心が揺れていることを、理解しているのだと思う。理解した上で、フィンとの対面が最後の一押しになる、と考えている可能性もあるのだから、キルクスに対して申し訳ないと思う必要などないのかもしれない。

けれど、船員たちは別だ。

「あの、パセルさん」

「ん？」

「変なことを訊きますけど……行き先がレピ島だって聞いて、みなさん不満とかないんでしょうか？」

「不満？」

レピ島というのが、現在フィンが住んでいる場所だという孤島《ことう》の名前だ。キルクスの家にあった地図を見たけれど、絶海の孤島と言ってもいいような、周りには何もない、本当に小さな島だった。

パセルを含めた船員たちは、キルクスから行き先を聞いても、理由が冬弥のことでフィンに確認《かくにん》したいことがあるからだと聞いても、文句どころか疑問すら挟《はさ》まなかったけれど……。

「お頭《かしら》が言うんだから、不満なんてあるはずないだろ」

「あるはずない？」

「うん」

　パセルはあっさりと頷《うなず》く。

「あー、姐《あね》さんはまだ船に乗ったばっかりで分かってないかもしんないけど、船の上っていろんなことが起こるし、そんときいちいち、もらった指示がいいとか悪いとか考えてたら間に合わねぇからさ。お頭の言うことは絶対って、体に染《し》み込んでるんだよな」

「そういうものですか」

　でも、確かにそうなのかもしれない。

　特に海賊船《かいぞくせん》である以上、戦闘行為《せんとうこうい》もあるのだろうし……。船頭多くして船山に上る、なんて言葉もある。指揮系統がきちんとしていることが、大切なのだろう。

　けれど……。

「それに、レピ島行くの、初めてじゃねーし」

「そうなんですか？」

「うん。前に、ルードが調子を崩《くず》したことがあってさ」

ルードというのは、水魔法使いの男だ。一日に使う水を補給しに、厨房にも来るので、冬弥もすっかり顔なじみになっていた。

「魔法が使えなくなって、それで相談に行ったことがあったんだよ」

水魔法が船の暮らしに与《あた》える影響《えいきょう》の大きさは、すでに感じている。使えないというのは、おそらく大変なことだったのではないだろうか？

「俺は詳《くわ》しいこととか全然分かんねーけど、その大魔法使いの先生のおかげで、ルードは無事にまた魔法が使えるようになって、船を降りなくてよくなったんだぜ」

「そんなことが、あったんですね」

「だからさ、姐さんも考えすぎんなって。お頭がさ、言うんだ。船のやつらはみんな家族だって。俺は家族とか、家族のためになんかすんのとか、ずっとよく分かんなかったけど、お頭も、船のやつらも大好きだから、こういうのが家族っていうんだったら、悪くねぇなって思うし……
……ん？　話が逸《そ》れたな。あー。とにかく！　レピ島行くのが姐さんのためだってんなら、大歓《だいかん》迎《げい》だってこと！」

「パセルさん……」

にかっ、と気持ちのいい笑顔《えがお》を浮《う》かべたパセルに、冬弥は目を伏《ふ》せる。胸が痛い。

こんなふうに思ってくれているのに、自分がフィンに会いに行くのは、元の世界に戻るためなのだ。

ラウザとロシュは知っていて協力してくれているけれど、パセルは何も知らない。ほかの船員たちも、知らないまま、ただキルクスが言うからと、従ってくれているのである。

「あの、俺……」

黙《だま》っているのが申し訳なくて、思わず口を開いた、そのときだった。

「三時の方角に船影《せんえい》あり！　軍艦《ぐんかん》だ！」

突然《とつぜん》、大きな声がして、冬弥は驚《おどろ》きに目を瞠《みは》る。

「今のは……」

質問しようとパセルを見ると、パセルは慌《あわ》てたように廊下《ろうか》に飛び出した。冬弥もつられてそちらを見た。

「このあたりに軍艦なんて珍《めずら》しいっすね」

ぽつりと言ったのは、サリドだ。ルイはどこか緊張《きんちょう》した表情をしている。

「そうなんですか？」

「ホーシングに軍艦は立ち寄らないんです。もし、取り締《し》まろうとすれば、そこにいる海賊全部が敵に回りますから」

「それならなんで――」

「様子がおかしい！　近づいてくるぞ！　バルクークの船だ！」

再び叫《さけ》ぶ声がして、パセルが今まで見たことのないような真剣《しんけん》な顔で厨房《ちゅうぼう》に戻ってくる。

「姐さん、今すぐ船長室に！」

「えっ」

「急いで！」

パセルはそう言うと、冬弥の腕《うで》を引く。その動きには迷いがない。冬弥は知らなかったが、このような事態が起きたときは冬弥を船長室に連れて行けと、前もって言いつけられていたのかもしれない。

「サリドさんとルイさんは」

「お、俺たちは大丈夫《だいじょうぶ》です」

振《ふ》り返ると、ルイは震《ふる》えた声で言い、サリドはかまどの火を消しながら頷いた。

二人も、パセルと同じ指示を受けているのだろうか。

「……わっ」

強く腕を引かれたせいで足元のふらついた冬弥を、誰《だれ》かが抱《だ》き留めてくれる。

「大丈夫か？」

慌てて顔を上げると、そこにいたのはキルクスだった。

「だ、大丈夫、だけど……」

「少し荒《あら》っぽいことになるかもしれねぇが、心配するな。お前は部屋から絶対に出るなよ。パセル！　冬弥を部屋まで連れて行ったら、そのままついていろ」

「アイ！」

それだけ言うと、キルクスは船首のほうへと向かっていく。

「マストに風を送る！　お前ら気合い入れろ！　逃《に》げ切るぞ！」

キルクスの言葉に、方々から声が上がるのを聞きつつ、冬弥はパセルに連れられて、船長室へと足を向ける。

「取り舵《かじ》いっぱい！」

「砲《ほう》を押し出せ！　火炎《かえん》石の用意だ！」

そんな声がして、ぐらりと大きく船体が揺《ゆ》れた。

「荒っぽいって……戦闘になるってことですか？」

「って言っても相手は軍艦だからな。火炎弾《だん》か魔《ま》法攻撃《ほうこうげき》か……何発かはやりあうだろうけど、足を生かして逃げ切るさ。言ってたろ」

「そっか……っと」

言っている端《はし》からまた船が揺れ、階段に足をかけていた冬弥は慌てて手すりに摑《つか》まる。

「船足も上がるし、相当揺れるから、覚悟《かくご》しとけよ」

「は、はい」

そのあとは、揺れに気をつけつつ、船長室へとたどり着いた。

「どっか摑まっといたほうがいいぜ。難しいなら縛《しば》り付けてやるけど」

「だ、大丈夫です」

一度は大きく傾《かたむ》いた船だが、今は揺れこそ大きいものの傾き自体はだいぶましだ。それでも冬弥は言われるままに、しゃがみこんで机の脚《あし》へと摑まった。

そうしてから初めて、自分の手が震えていることに気づく。

いくら大丈夫だと、逃げるのだと言われても、戦闘が恐《おそ》ろしくないはずもない。

こうして手を震わせながらも、まだ実感が湧《わ》かないほどだ。

やがて、花火のような大きな音がして、冬弥はビクリと体を震わせる。

「今のって……」

「火炎弾だな。火炎石を打ち出すときに、でかい音がするんだ」

「こっちが撃《う》った音ってことですよね？」

「そういうこと。着弾したんならもっと違《ちが》う音するよ。ばりばりーってさ」

「したこと、あるんですか？」

冬弥はよほどひどい顔をしていたのだろうか。パセルが励《はげ》ますように笑う。

「当たらない？」

「前の船だって。この船に火炎弾なんて当たんねぇよ」

「お頭の風魔法だよ。弾《たま》なんて逸《そ》らしちまうんだ。だから安心しろって」

得意げな言葉に、嘘《うそ》はないように思える。

だが、冬弥が頷《うなず》こうとした、そのときだった。

「船尾《せんび》に火が」

「魔法攻撃だ！　消火急げ！」

船内を走り回る足音の合間に、そんな声が聞こえて、冬弥は目を瞠る。

「俺たちも消火に行ったほうが……」

「だめだって。お頭がここから出るなって言っただろ。それに、消火ならルードに任しとけば大丈夫」

「はい……」

強い口調に、少し驚きつつ頷く。

やはり、キルクスの命令は絶対なのだ。自分だけこんな場所に隠《かく》れて、違う働きもできるだろうパセルについていてもらっていることに申し訳なさを感じるけれど、余計なことをするほうが迷惑《めいわく》なのだろう。

ルイやサリドのことも気にかかる。ルードやほかの船員たちも……。

いつの間にか、顔と名前の一致《いっち》する人間はずいぶんと増えた。話をする相手も、一緒《いっしょ》に働く仲間もいる。

みんな無事だといいのだがと、祈《いの》らずにはいられなかった。

「それにしても、ホーシングの領内から出てくるのを待ってたみてぇなタイミングだよな」

「ホーシングでは、確か戦闘は禁止されてるんですよね？」

「うん。だから、出るときは警戒《けいかい》してるし、船影が見えるほど近づかれるなんて珍しいんだ。多分魔法で姿を見えづらくしてたんだろうけど」

「そんなこと、できるんですか？」

「俺は理論みたいなのは分かんねぇけど、いくつかの魔法を同時に使えばできるって聞いたことあるぜ。けど、普通《ふつう》はボート程度で、あんなでけぇ船ってなると、相手はよっぽど腕のいい魔法使いなんだろうな」

そもそも、魔法攻撃を届かせたことに驚いたとパセルは言う。

「船を隠した魔法使いがやったんでしょうか？」

「かもなぁ」

パセルがそんな話をしてくれたのは、冬弥の気を逸《そ》らそうとしてのことだったかもしれない。安心していい状況《じょうきょう》ではないのだろうけれど、少しずつ気持ちも落ち着いてきた。けれど、そうなってからふと、冬弥は見張りの男の言葉を思い出す。

――――バルクークの船と、言っていた。

その名前には聞き覚えがある。

キルクスが、冬弥を召喚《しょうかん》した国として候補に挙げた名前だ。魔法研究に力を入れている、とも聞いた気がする。

ひょっとして、これは……。

「俺のせい、なんでしょうか……」

「姐《あね》さんの？」

冬弥の言葉に、パセルが不思議そうな声で訊《き》き返してくる。

「俺を狙《ねら》ってきたのかなって」

「何言ってんだよ。海賊《かいぞく》船が軍艦《ぐんかん》に追われるなんて、普通だって」

「でも……」

あれがバルクークの船というなら、自分を取り戻《もど》しに来たのではないか？

ならば、今回の戦闘は自分のせいで起きたということになる。

よく考えれば、先ほどパセルが慌《あわ》てて自分を船長室に連れてこようとしたのは、バルクークの名前が出てからだった気もした。

そう指示を受けていたとしたら、キルクスはこの可能性を考えていたのだろう。

何もできないだけでなく、迷惑もかけているとしたら、本当にいたたまれない。

やがて砲の音がやみ、船の激しい揺れも収まった。忙《せわ》しない足音はまだしていたが、ひと段落ついたのだろうか？

唐突《とうとつ》に、部屋のドアが開いて、冬弥とパセルはそちらに目を向ける。

「大丈夫《だいじょうぶ》か？」

顔を出したのは、キルクスだった。

「俺は大丈夫だけど……逃げ切れたのか？」

「当然だろ」

キルクスはそう言って笑うと、机にしがみついていた冬弥の腕《うで》を引いて半ば抱《だ》きかかえるように支えてくれる。

「キルクス……俺のせいで、ごめん」

「――――パセル、持ち場に戻れ」

「アイ」

パセルが頷いて部屋を出ていく。

「……バルクークの船だったんだろ？」

そう言った冬弥に、キルクスは苦笑《くしょう》しつつ冬弥をベッドに座らせ、隣《となり》に座る。

「魔法の攻撃が当たったって。みんな大丈夫なのか？」

「ああ、船尾が少し燃えただけだ。消火も終わってるから安心しろ」

そっと頭を撫《な》でられて、申し訳なさと安堵《あんど》に胸が捩《よじ》れる。

「ごめん」

「謝る必要なんてない。言っただろう？　お前を守るって」

確かに、言ってくれた。けれど、だからって迷惑をかけていいということにはならない。

「俺はまだやることがある。船内もバタついているから、お前はここにいろ。隣にいるから、何かあったらすぐ呼べ」

「……うん」

まだ謝り足りない気持ちだったけれど、引き止めればさらに迷惑をかけるだけだろう。

キルクスが隣の集会所に入るとき、怪我《けが》人という言葉が聞こえた気がして、気になったけれど、自分が口を出すようなことではない。

本当に、自分にできることなど何もないのだと思うと、ため息がこぼれた。

けれど――――。

「俺がここを出ていけば……」

もうこんなことは起こらないはずだ。

フィンに会って、帰る方法があると分かりさえすれば……。

「早く、元の世界に戻らなきゃ」

ぐらぐらと揺《ゆ》れそうになる心を、ぎゅっと押さえつけるように、冬弥は強くそう思った。

◆

「今回は全員降りるわけじゃないのか？」

「大した修理でもないしな。一晩もありゃ終わる」

送り出してくれる船員たちに手を振《ふ》って、キルクスの言葉に、そういうものかと頷く。

外はもう日が落ちて、わずかに残照を残すのみの時間だ。仕事を終えたらしい人々の姿はあるが、大きな港ではないせいだろう。ホーシングの人の多さとは、比べ物にならなかった。

軍艦の襲撃《しゅうげき》の翌々日、冬弥たちは小さな港町にいた。

とりあえず船の修復を行う必要があると、近くの漁港へ寄ることになったのだ。

船を降りたのは、キルクスと冬弥のほかには数名で、名目は買い出しだ。

火炎《かえん》石などの買い足しもあり、魔法に関する買い物はキルクスが一番よく分かるから、とロシュは言っていたけれど、自分が落ち込んでいるのが分かって気分転換《てんかん》に送り出してくれたようにも思う。

大した修理でもない、というキルクスの言葉はおそらくは嘘《うそ》ではなく、船尾《せんび》の一部が燃えた程度で済んだようだ。

ただ、軽い火傷《やけど》や打撲《だぼく》ではあったが、数名の怪我人が出たこと、その中にサリドがいたことが、ますます冬弥を落ち込ませていた。

「気を遣《つか》わせたよな。ごめん」

「謝るなって。ラウザも言ってただろ」

気にしなくていい、キルクスの大事な番《つがい》なのだから絶対に守ってやる。

相手がバルクークなら、自分のせいかもしれない。申し訳ない、と謝罪した冬弥に、ラウザもロシュも、キルクスと同じように言ってくれた。

自分が、元の世界に帰ろうとしていると、知っているのに……。

「それに、あながちお前のせいばかりとも言えねぇしな」

「そうなのか？」

「バルクークとは、俺もちょっとした因縁《いんねん》がある」

「因縁？」

それは、単に冬弥を慰《なぐさ》めるための言葉のようにも聞こえたけれど、まったくの嘘というわけでもないようだ。

「俺はあの国の出身なんだよ。バルクークの連中もそれは知ってるし、俺を縛《しば》り首にしたいって考えてるやつが一番多いのはあの国だろうな」

「……そうなんだ」

縛り首、などという言葉に頷《うなず》いていいものかと一瞬《いっしゅん》思いつつ、相槌《あいづち》を打つ。

しかし、そう言われてみれば、キルクスはバルクークの内情に詳《くわ》しいようだった。跡継《あとつ》ぎの年頃《としごろ》や、魔《ま》法《ほう》研究に力を入れていることなどを知っていたのも、国民だったからなのだろう。

それでも、今回のことは、きっと自分のせいだ。キルクスだって、そんなことは分かっていて、それでも慰めてくれているのだと思う。

けれどどうして、自分がキルクスの船にいると分かったのだろう？

確かにホーシングでは、特に姿を隠《かく》して過ごしたわけではない。けれど、相手は自分の顔だって知らないはずだ。

それなのに……どうして？

分からない。だが、偶然《ぐうぜん》とはやはり思えなかった。

ただ――――自分が船を降りれば、もうこんなことは起こらないのではないかとは思う。

「なぁ、フィンさんのとこって、いつ着くんだっけ？」

「ん？　そうだな……順調にいけば、ここからは四日といったところか」

「そっか……」

もちろん、今回のようなイレギュラーも起こりうるのだろうけれど、とりあえずそこまでしのげば、元の世界に帰る方法が分かるかもしれない。

そうすれば、船を降りることだって……。

いや、どうなのだろう？　それがその場で、どうにかなることではなかったとしたら、自分はどうする気なのか。

キルクスは帰る方法などないと思っているからだろう、その後のことについては、冬弥が自分の番としてそばにいることになるとしか考えていないようだ。

けれど、冬弥のほうは、帰ることに関して揺らいでいた気持ちが、帰る側に強く引き戻《もど》されるのを感じていた。

自分が一緒《いっしょ》にいれば、今回のようなことがまた起こる可能性があるのだと思うと……。

そんなことを考えているうちに、今夜の宿についたようだ。ホーシングではキルクスの家に泊《と》まったため、普通《ふつう》の宿に泊まるのは初めてだった。

一階は飲み屋にもなっているらしい。客の多くは地元の漁師たちなのだろうか。よく日に焼けた、腕っ節の強そうな男たちが大半だった。

キルクスがカウンターで空室の確認《かくにん》をすると、四十代と思われる女性が、カウンターの奥から出てきた。

「宿って言っても普段はほとんど泊まり客が来ないから、大した部屋じゃないけどね」

言いながら階段を上がり、奥へと向かう。

「大部屋以外って言ったら、ここしかないよ。かまわないかい？」

そこは余った空間をあとから部屋にしたような、小さな部屋だった。ベッドが二つあるほかには何もない。

「ああ、十分だ」

「そうかい。じゃあ、掃除《そうじ》しとくから、下で酒でも飲んでるといいよ」

そう言われて、キルクスと一緒に一階に降りると、そのまま食事にすることにする。

「あ、おいしい……」

「聞いていた通りだな」

その言葉に、冬弥がキルクスに視線を向けると、キルクスは、にっと笑った。

「前に、ここの飯が美味《うま》いって、聞いたことがあってな」

「そうなんだ」

店を選んだのは、宿がついていたからというだけではなかったらしい。

「美味い飯は大事だからな」

「……うん」

それが、単に宿を選ぶ基準として、という意味ではなく、自分を慰めるための言葉だと分かった。

自分が少しでも貢献《こうけん》できている部分があるのだと思うと、ほっとする。

だが、夕食がほぼ終わりに近づいた頃《ころ》だった。

「おい、港で火事が起きているらしいぜ」

店に飛び込んできた男の言葉に、店内は一瞬にして騒然《そうぜん》となる。

客が次々に飛び出していく中、キルクスも立ち上がった。

「冬弥、お前は部屋にいてくれ。鍵《かぎ》をかけて、俺が戻るまで誰《だれ》も入れるなよ」

「で、でも、俺も一緒に……」

行くと、言いかけて冬弥は言葉に詰《つ》まる。

自分が行ってどうなるのか？　足手まといになるだけではないか？

「――いや、分かった。そうする。気をつけて」

「ああ、船に何事もないと分かればすぐに戻ってくる」

キルクスはそう言うと、急いで店を飛び出していく。冬弥も立ち上がり、言われた通りすぐに部屋へと向かった。

鍵と言っても、錠前《じょうまえ》があるわけではなく、内側から閂《かんぬき》をかけるタイプのものだ。冬弥は閂をかけ、念のためドアが開かないことを確認する。

間違《まちが》いなく施錠《せじょう》できていると分かると、窓に近づき、少しでも港が見えないだろうかと、目を凝《こ》らした。火の様子は分からなかったが、少しだけ空が赤い。どうやらまだ鎮火《ちんか》には至っていないようだ。

どれくらい経《た》ったのだろう。ウェナティクス号と、その船員たちに何事もなければいいのだが……と思いつつ、窓辺に立ち尽《つ》くしていると、不意にノックの音が響《ひび》いた。

ビクリと肩《かた》を揺《ゆ》らし、慌《あわ》ててドアに駆《か》け寄る。

しかし、すぐにそれがキルクスとは限らないのだと思い、閂に伸《の》ばしそうになった手を止める。

「お客様、少々よろしいですか？」

案の定、それは聞き覚えのない声だった。

先ほどの女性のものではない。男の声だが、ここの主人だろうか？　船の者ならお客様、などとは呼ばない。

「――――どちら様ですか？」

内鍵しかない部屋だ。中にいることは分かっているだろう。気づかぬ振《ふ》りをするかとも迷ったが、結局誰何《すいか》の声を上げた。

「私はハルバドと申します。バルクーク帝国《ていこく》の使いの者です」

「っ……」

その可能性をちらとも考えなかったとは言わない。だが、こんなにはっきりと名乗ってくるというのは、想定外だった。

「ただ今、港で起きている火事についてはご存じでしょうか？」

そう、すぐに切り込んできたことも。

「知ってます、けど……」

まさか、と思いつつ、冬弥はそう答える。いやな予感に、すっと背筋が冷たくなった。

「そちらの船長が非常に強力な風魔《ま》法使《ほうつか》いであることは、我々も存じ上げておりますので、万《ばん》全《ぜん》を期させていただきました」

はっきり、自分たちが火事を起こしている、と口にしないところがいやらしい。

だが、言わずとも火事を起こしたのがこの男の仲間であり、狙《ねら》いがウェナティクス号であることは分かった。

燃えているのは、ウェナティクス号なのだろうか？　みんなは、キルクスは無事なのか？

だが、狙いがウェナティクス号のほうならば、自分に接触《せっしょく》する理由がない。それは、つまり……。

「目的は、なんですか？」

不安に震《ふる》えそうになる手を、ぎゅっと握《にぎ》り、ドアの向こうに声をかけた。

「もちろん、あなたです」

薄々《うすうす》感じていたことをはっきりと肯定《こうてい》されて、冬弥はぐっと唇《くちびる》を噛《か》む。

やはり、すべて自分のせいだったのだ。

一昨日《おととい》の襲撃《しゅうげき》も、今回の火事も……。

申し訳なさに、胸が痛んだ。襲撃のあと、夕食の支度《したく》に厨房《ちゅうぼう》に戻ったとき、サリドは腕《うで》に

火傷《やけど》を負っていた。それは、ルイをかばってのことだったと聞いたが、そもそもの原因は自分だったのだ。

もちろん、ほかの者の怪我《けが》も、ホーシングで直したばかりの船が損傷し、ここに寄港することになったのも……。

自責の念に押し潰《つぶ》されそうになった冬弥に、ハルバドが言う。

「時間もありませんので、単刀直入に申し上げますが――もし、あなたが今すぐ、私とともにバルクークへ出向いてくださるというならば、これ以上は何もしないとお約束いたしましょう」

「何も？」

「はい。魔法使いは引き揚《あ》げさせます。今後も、あなたの件であの船を狙うことはしません。もちろん、海賊《かいぞく》である限り、こちらの領海内で悪事を働かれれば、手出ししないとは申し上げられませんが」

それは、確かにそうなのだろう。まだ自分は彼らが海賊行為《こうい》に及《およ》ぶところは見ていないが、その際に見逃《みのが》せとまでは言えない。

だが……。

「俺が、もうキルクスの番《つがい》になっているというのを、知っていて言っているんですか？」

その言葉に、初めてハルバドの返答が遅《おく》れた。

「……もちろん予想はしておりました。非常に、残念なことではありますが」

それでも、すぐに気を取り直したように話し始める。

「ですが、あなたにはまだ価値がある」

それが、前にキルクスが言っていた、子どもを産ませるための道具としてという意味だと分かって、ぞっとした。

子どもを産むだなんて、いくら言われてもそんなこと、自分にできるとは思えない。

しかも、会ったこともない相手の……。

それが、この世界のΩにとって普《ふ》通《つう》のことだとしても、自分には到底《とうてい》受け入れられない。

だが……。

「確認《かくにん》したいんですが、俺が……番のΩが離《はな》れることで、αに何か、身体的な問題が出ることはないんでしょうか？」

「αの側にはありません」

その返答は、Ωの側にはある、という意味だっただろうが、それはキルクスからも聞かされていたため、むしろ相手の言葉に嘘《うそ》はないように思えた。

「さぁ、いかがなさいますか？　もちろん、私は今すぐ力ずくであなたを連れ去ることもできないわけではありません。ですが、できるなら、あなたには納得《なっとく》した上で、一緒《いっしょ》に来ていただきたいのです」

その言葉に、自己嫌悪《けんお》の奥から、焼けつくような怒《いか》りが湧《わ》き上がった。

何を言っているのか、と思う。

こんなのは明白な脅《おど》しだ。なのに、納得した上で？　ふざけるのもいい加減にしろ、と怒鳴《どな》りつけたい気持ちをぐっと抑《おさ》えて、冬弥は深く息を吸い込んだ。

「キルクスは、俺がいなくなったと分かればきっと、追ってきます。それで戦闘《せんとう》になるなら、あなたの言葉には意味がない」

「そうできないようにするための先の戦闘であり、今回の火事です。私どもも、あの方を見縊《みくび》ってなどおりません」

ここまですべて計算の上だというような口調に不快感を覚えた。同時に、船の状態が心配にもなる。だが、確かに船が出せない状況《じょうきょう》ならば、いくらキルクスが風魔法を使えても意味はない。

「もしあなたが今、自分と共にいらっしゃらないというならば、実力行使に出るだけではなく、海賊退治のために、再び軍艦《ぐんかん》を向かわせることになりますよ」

それが、最後の一押しだった。

「――……行きます」

どれだけ腹が立っても、おぞましくても、自分にはそうするしかない。

あの船や、船員、キルクスが、どうなってもいいとは、もうどうしても思えなかった……。

◆

ハルバドは、すぐ裏の路地に馬車を用意していた。その場で、別の人間に港での騒《さわ》ぎを収めるように指示を出したのは、冬弥に対するパフォーマンスの意味もあっただろう。

冬弥とハルバドが乗ると、馬車はすぐに走り出した。

「俺は、これからどうなるんですか？」

「バルクークであなたを待っていらっしゃる方がおいでです。まずはその方に会っていただくことになりますね」

「……俺をこの世界に喚《よ》んだのは、やっぱりあんたたちなのか？」

「ええ。そこまでご理解いただいていましたか」

言葉ばかり意外そうに、ハルバドは言う。けれど、驚《おどろ》いているようには見えなかった。

「この度《たび》は、我々の不手際《ふてぎわ》でご迷惑《めいわく》をおかけいたしまして、申し訳ございません」

「……不手際？」

何のことだろうと、冬弥は眉《まゆ》を顰《ひそ》める。

「もちろん、召喚《しょうかん》の術式の件です。本来ならば、あなたは我が国の第一皇子殿下《でんか》の前においでになる予定でした。そうであれば、別の者が番になるような事故は起こらなかったでしょうし、海賊船に乗るような、ご不便をおかけすることもなかったのです。もちろん、召喚を行った術者は相応の刑《けい》に処しましたので、お許しいただきたい」

そう言って、ハルバドは頭を下げて見せたが、そこに誠意のようなものはかけらも感じられなかった。

徐々《じょじょ》に馬車が速度を落とし、停車する。

「どうなさいました？　お手をどうぞ」

「……手を貸していただかなくても大丈夫《だいじょうぶ》ですから」

差し出された手を取ることはせず、馬車を降りる。馬車が停《と》まったのは、騒ぎの起きている港があるのとは、別の湾《わん》のようだった。火の手は見えず、煙《けむり》ばかりが遠目に見える。もう、鎮《ちん》火《か》したのだろうか。そのことに、少しだけ安堵《あんど》する。

「さあ、参りましょう」

ごく小さなボートに乗せられていった先に、崖《がけ》に隠《かく》すようにして一隻《せき》の帆船《はんせん》があった。ウェナティクス号と同程度の大きさに見える。

これが軍艦なのだろうか？　特に旗のようなものはなく、なんとなく想像していた砲門《ほうもん》のようなものもない。

「これが、あなたたちの船なんですか？」

思わずそう聞いた冬弥に、ハルバドは小さく頷《うなず》く。

「ええ、そうです。ここは他国ですから、軍艦というわけにはまいりません」

ああ、そういうことかと思いつつ促《うなが》されるままに、縄梯子《なわばしご》を上がる。甲板《かんぱん》に足がつくと数歩も行かないうちに床《ゆか》が揺《ゆ》れ、出港したことが分かった。途端《とたん》に、不安が胸に押し寄せて、冬弥は足を止める。

「どうなさいました？」

「……いいえ」

何でもないと頭《かぶり》を振《ふ》って、再び歩き出す。

——もう、遅《おそ》い。

少しずつ離れていく陸地を目の端《はし》に捉《とら》えながら、ハルバドに続いて、狭《せま》い階段を下りた。

何人かとすれ違《ちが》ったが、多くががっしりとした体格の男で、そのあたりはウェナティクス号に似ていた。だが、その表情はみな厳しく、おそらく軍人なのだろうと思われた。また、ハルバドに対して礼を取っているところを見ると、ハルバドはそれなりの地位にあるのだろう。

そうして連れていかれたのは、ベッドが一つあるだけの小さな部屋だった。壁《かべ》に一つランプがかけられていたが、明かりは灯《とも》っていない。

「こんな場所で申し訳ありません。それほど長旅というわけでもありませんから、ご容赦《ようしゃ》ください」

言いながら、ハルバドは中へ入るよう、冬弥を促した。

「明日の朝、また参ります。何かあれば外の者にお声がけください」

それだけ言うと、ハルバドはドアを閉めた。明かりのない部屋は真っ暗になったが、室内にあるのはベッド一つきりだ。何かを倒《たお》す心配もない。

外から閂《かんぬき》のかけられる音がして、思わずため息がこぼれた。しかし、自分の立場を思えば監《かん》禁《きん》されるのも仕方がないのだろう。

ベッドに腰《こし》かけ、暗闇《くらやみ》に目を凝《こ》らす。幸い、窓があったので、そこからの月明かりで徐々に物の輪郭《りんかく》が見え始めた。

窓は顔も出ないような小さなものではあるが、真の暗闇でなかったことにはほっとする。陸地は逆側にあるのか、明かり一つ見えなかったけれど、見えなくてよかったのかもしれない。

自分で決めて出てきたというのに、もう後悔《こうかい》している。あの場で暴れてやるべきだったろうかとか、やはり居留守を使えばよかったとか。

けれど、それでも、自分がここに来ることでみんなに迷惑をかけずに済むというなら、それでよかった。

よかった、はずだ。

「もう、考えても仕方ない……」

呟《つぶや》いて、ごろりと横になる。

ブーツを脱《ぬ》ぐのも面倒《めんどう》で、足はベッドの下に投げ出したままだ。

『本来ならば』と、ハルバドは言った。

『海賊《かいぞく》船に乗るような、ご不便をおかけすることもなかったのです』とも。

確かに、自分を喚んだのがバルクークの第一皇子の番《つがい》にするためだというのなら、自分があの海に落ち、キルクスの番になったことも、パセルやルイ、サリド、ロシュ、ラウザやほかの船員に出会ったことも、厨房《ちゅうぼう》で料理を作る仕事を得たことも、すべて本来あるべき状況とは違うものだったのだろう。

けれど、それは不便などではなくて……。

ぎゅうっと胸が痛くなって、冬弥は体を丸める。

「あ、あれ……何で……」

ほろりと、目《め》尻《じり》を涙《なみだ》がこぼれ落ちて、慌《あわ》てて手の甲《こう》で拭《ぬぐ》った。

まだ出会ってどれほども経《た》っていない。

やむを得ぬ事情で仕事を変えることなんて、いくらでもあった。別れの来ない出会いなんて、冬弥の人生には一つもなかったのだ。

だから、これもその一つに過ぎない。

そう、思おうとするのに……。

「っ……ふ……ぅ……っ」

涙があとからあとからこぼれ落ちていく。

これから起こることが恐《おそ》ろしいのではない。

いや、確かに恐ろしいことが起こるのだとは思う。ここまでしておいて、万が一元の世界に帰れる手段があったとしても、帰してくれるとはとても思えない。

けれど、今はただ、自分がここにいることが、キルクスのもとにいないことが、辛《つら》かった。

悲しくて、切なくて……淋《さび》しい。

先のことなど考えられないほど……。

だが仕方がないのだ。厨房で働かせてもらって、料理を褒《ほ》められて、少しだけ、ほんの少しだけ自分もあの場所で役に立てたような気がしていた。

けれど、軍艦に追われることと、釣《つ》り合いが取れるはずもない。

――ずっと一緒《いっしょ》だと、お前を守ると、言ってくれた。

別れの来ない出会いなどないと分かっていながら、その言葉に惹《ひ》かれた。

「キルクス……」

一体、今頃《いまごろ》はどうしているだろう？

船は、みんなは、無事だっただろうか？

もう、自分がいないことに、気づいただろうか……。

「怒《おこ》ってるかな」

冬弥が、自分から姿を消したと、思うだろうか？

逃《に》げ出したのだと、思うだろうか？

そう思ってくれてもいいと思う端から、本当は一緒にいることを望みつつあったその気持ちを信じてほしいと思う。

矛盾《むじゅん》してぐちゃぐちゃな胸の内を抱《かか》えながら、ただ泣くことしかできない。

自分はこんなに弱かっただろうか？

両親を亡《な》くしてから、ずっと、一人で立っていたのに……。

そうして泣き疲《つか》れたのだろうか、いつの間にか眠《ねむ》ってしまっていたらしい。

何か大きな音と振動《しんどう》があって、冬弥は目を覚ました。

一瞬《いっしゅん》、地震《じしん》かと思って、すぐにここが船の中であり、海の上だと思い出す。

室内はまだ暗い。だが、窓からの明かりは、青白い月明かりとは違い、なぜか赤かった。

一体どうしたのだろうと、窓の外をのぞくがこの方向からは何も見えない。

ただ、あわただしい足音や、怒号《どごう》にも似た声がして、何かが起こっていることだけは分かった。

まるで、ウェナティクス号が襲《おそ》われたときのようだと考えてから、ひょっとして、と思う。

船が、襲われているのか？

「わっ」

船が震《ふる》えるような激しい揺れに、半端《はんぱ》に起こしていた体がベッドに倒れる。

迷ったのは一瞬だった。

冬弥はベッドから降りると、鍵《かぎ》のかかったドアをどんどんと叩《たた》いた。

「誰《だれ》か！　誰かいないのか!?」

返事はない。

だが、声がしないわけではなかった。冬弥に向かってのものではないが、船内では様々な声が飛び交《か》っているようだ。

冬弥はドアに耳をつけ、少しでも情報を拾おうとする。そして、その中に『海賊』『風魔《ま》法《ほう》』という単語が交じるのを聞いて、目を瞠《みは》った。

「――――嘘《うそ》」

思わず呟いて、唇《くちびる》を噛む。

まさか、キルクスが……ウェナティクス号が来た……？

自分の推測が間違っていればいいと思う。けれど、このタイミングでこの船を襲う海賊、そして風魔法を使う者がいるらしいと聞いては、考えないわけにはいかない。

戦闘《せんとう》後の修理に加え、そのあとの火事もあった。ハルバドからも、キルクスは追って来られないと聞いていたのに……。

「どうして……」

修理はどうなったのだろう？　火事は大丈夫《だいじょうぶ》だったのか？

不幸中の幸いと言えるのは、この船が軍艦《ぐんかん》ではないことだけだろう。それでも乗っている船員は軍人に見えた。

やがて悲鳴や怒声に交じって、剣戟《けんげき》の音が響《ひび》き始める。

自分のせいで、誰かが傷ついたらどうしよう……。

不安が胸に押し寄せて、冬弥はその不安をぶつけるように、もう一度強くドアを叩いた。

「――冬弥！　どこだ⁉」

忘れようのない声が聞こえたのは、そのときだ。

冬弥ははっとして目を瞠《みは》ると、こみ上げる感情のままに声を上げた。

「キルクス……！　キルクス！」

不安と、申し訳なさ、心配、疑問、焦燥《しょうそう》。そんな思いを押し流す勢いで、歓喜《かんき》が胸を満たそうとする。

そんな自分を情けないと、叱咤《しった》する思いまでもが、そこにキルクスがいるのだという喜びにかき消されそうになる。

だめなのに……そんなふうに思うべきではないのに。

「ここか⁉」

ドアが開く。

キルクスが、立っていた。

「冬弥！」

切り付けられたのか、二の腕《うで》の辺りからはわずかだが血が流れている。

「キルクス、その怪我《けが》……」

質問に答えることなく、キルクスの腕が、ぎゅっと、痛いくらいの力で冬弥を抱《だ》きしめた。

「このバカ……！」

「っ……ば、バカって……バカはどっちだよ！　なんで、なんで来ちゃうんだよ……っ、そんな怪我までして……」

「ずっと一緒だと言っただろう」

堪《こら》えきれず、涙がこぼれる。

「っ……――うん」

キルクスの言葉に、胸の奥が甘く痛んで、気づいたときには頷《うなず》いていた。

「なんだ、もう元の世界に帰るって言わねぇのか？」

「こんなことになったのに、いいのか、分かんないけど……」

いつもの調子を取り戻《もど》したように言うキルクスの胸を軽く押し返し、冬弥は顔を上げる。そして、キルクスをじっと見つめた。

「もし方法があったとしても、もう帰らない」

キルクスの目が、大きく見開かれた。

それがなんだかひどくうれしくて、冬弥は泣きながら笑った。

「ずっと、キルクスの傍《そば》に、いたいんだ」

「……ああ、傍にいろ」

キルクスは囁《ささや》くような声でそう言うと、腕を離《はな》す。

「よし、まずは船に戻るぞ。俺から離れるなよ。必ず、守ってやる」

その言葉に、冬弥は涙を拭《ぬぐ》い、大きく頷いた。

倒《たお》れている人間を跨《また》ぎながら狭《せま》い通路を通り、甲板《かんぱん》に出る。いつの間にかこちらの船はすっかり制圧されていたらしい。

「姐《あね》さん！」

「無事でよかった」

あちこちから声をかけられて、冬弥はまた涙腺《るいせん》が緩《ゆる》みそうになる。

「おい！　引き上げだ！」

キルクスの声に、威勢《いせい》のいい声が返る。

甲板では何人もの人間が縛《しば》り上げられ、転がされていた。その中には、ハルバドの姿もあったかもしれないが、それを探しているような間もなく、接舷《せつげん》された船へと向かう。

「この船……」

「気づいたか？」

言いながら、キルクスは冬弥を抱き上げると、船の間に張られたロープを軽々と渡《わた》った。けれど、渡った先のその船は、ウェナティクス号ではない。

とてもよく似ているけれど、どことなく古びて見えた。それに船首を飾《かざ》る像がない。

「ウェナティクス号は？　まさか……」

「安心しろ、ちゃんと動かせる」

一瞬、燃えてなくなってしまったのかと思ったが、そうではないらしい。

「だが話はあとだ。とにかく港に戻るぞ」

キルクスは冬弥を甲板に下ろし、戻ってきた仲間たちに指示を出し始める。

冬弥はキルクスに請《こ》われるまま、その姿を近くでずっと、見守っていた。

「あれは、ウェナティクス号とは同型で、同じ船大工に作られた船。キャプテンリキッドの船、モステール号だ」

「それって、確か、キルクスが前に乗ってたっていう……」

冬弥の言葉に、キルクスは頷く。

モステール号で一旦《いったん》元の漁港に戻ったあと、二人は泊《と》まる予定だった宿ではなく、ウェナティクス号へと戻ってきていた。

出航前の船内は静かだ。もう夜中と言っていい時間だった。援軍《えんぐん》を喚《よ》ばれている可能性も考えれば、さすがにあのまま漁港に残ることはできず、すぐにウェナティクス号は港を離れた。

動かせると言ったキルクスの言葉に嘘はなかったようだ。だが、遠くまでは行かず、一旦湾《わん》の中に隠《かく》れることにしたらしい。ウェナティクス号は足が速いことで有名なため、あえて裏をかく作戦のようだ。

「リキッドは引退後、故郷でもあるこの漁港で隠遁《いんとん》しているんだ。船の整備を怠《おこた》ってないのはさすがだな」

リキッドが船を降りるならばと一緒《いっしょ》に船を降りた者は多く、同時に復活を願ってやまないその仲間たちが、いつでもリキッドが船に戻れるようにと整備を続けていたのだという。燃えている港での火事についても、リキッドやその仲間たちが大いに助けてくれたらしい。燃えているように見せかけ、バルクーク側の目を欺《あざむ》いてくれたとか……。

「襲撃《しゅうげき》は一度じゃすまないと思っていた。だから、万が一を考えてあの漁港で修理することにしたんだ。そもそも単なる漁港なら、海賊《かいぞく》船の修理なんざ引き受けちゃくれないからな。リキッドの行方《ゆくえ》は秘匿《ひとく》されているし、まさかこんなところで漁師をしているなんてバルクークのやつらも考えていなかったんだろう」

笑って言うキルクスに、冬弥は苦笑《くしょう》する。ハルバドはキルクスを見縊《みくび》っていないと言ったが、まだまだ読みが甘かったようだ。

「でも、これでリキッドさんのことがばれたりとかしないのか？」

「姿を見せずとも魔法《まほう》は行使できるし、船のほうも船首の像は外してあった。そもそも同型の船自体はいくらでもあるからな。問題はない」

「そうか……今度ちゃんとお礼言いに行きたいな」

冬弥はほっと胸を撫《な》で下ろした。だが……。

「まぁお前が出て行ったのだけは、計算外だったけどな」

キルクスの言葉に、ハッとして目を伏《ふ》せる。

「本当に、ごめん」

謝罪の言葉を口にした冬弥の髪《かみ》を、キルクスがそっと撫でる。

「もう、どこにも行かないんだろう？　それならいい」

「……うん」

ただやさしいだけではなく、甘さを含《ふく》んだ声に、自然に唇《くちびる》は笑《え》みを浮《う》かべていた。

子どものように甘やかされていると思うけれど、腹は立たない。それが本当は、子どものようにではなく、番《つがい》としての甘さなのだと、もう分かっていた。

「……冬弥」

そっと頬《ほお》に触《ふ》れられて、促《うなが》されるままに顔を上げる。じっと自分を見つめる瞳《ひとみ》を見返して、冬弥はゆっくりと瞼《まぶた》を下ろした。

唇に、柔《やわ》らかいものが触れる。

「――船では、発情期以外しないんじゃなかったのか？」

「ここは港じゃないが一応は停泊《ていはく》中だし、今日くらいはあいつらも許してくれるさ」

いやか？　と訊《き》かれて、冬弥は返事の代わりに自分からキルクスの唇にキスをした。

恥《は》ずかしくないわけではない。けれど、それ以上にキルクスが欲しくて仕方なかった。

キスは次第《しだい》に深くなっていき、熱い舌が冬弥の唇を開かせて、口の中にまで入り込んでくる。

「ん……っ」

舌を絡《から》められ、冬弥も必死でそれに応《こた》えようとした。徐々《じょじょ》に息が上がっていく。体の奥が、とろりと濡《ぬ》れ始める。

「ふ、ぁ……っ」

キルクスの指が、シャツの上から冬弥の胸元《むなもと》に触れた。

ゆっくりと探《さぐ》るように撫でられて、すぐにシャツの上からでも分かるほど尖《とが》り始めてしまった乳首《ちくび》を、ひっかくように指が動く。

「んっ」

首を竦《すく》めた拍子《ひょうし》にキスがほどけ、唇の間に唾液《だえき》の糸がかかる。それをキルクスの舌が断《た》ち切るのを見て、その色っぽさに腰《こし》の奥がぞわりとした。

キルクスが、冬弥のシャツのボタンを外すのを見て、冬弥もまたキルクスの服へと手を伸《の》ばす。

お互《たが》い裸《はだか》になって、そのままもう一度キスをした。

「……なんか今までで一番、恥ずかしい、かも」

呟《つぶや》くように言った冬弥に、キルクスは困ったように笑う。

「あんまり煽《あお》るな」

「あ、煽ってなんか……あ…っ」

ゆっくりとベッドに押し倒されて、キルクスを見上げる体勢になる。

心臓が、ドキドキと高鳴っているのを感じる。じっと見つめるのが恥ずかしくて、視線を泳がせた。

「あ、あんまり、見んなよ」

もう何度も抱かれ、キルクスに見られていない場所などないだろう。だが、それでも恥ずかしいものは恥ずかしい。

「……煽るなと、言っているだろう」

「だから、あ、ん……っ」

煽ってなどいないと口にする前に、胸元を撫でられてびくりと体が震《ふる》える。いつも思うのだが、こんな平らな胸を撫でて楽しいのだろうか？

今までは好きなようにされているという意識があったからか、気にならなかったけれど、キルクスを好きなのだと気づいたせいか気になった。

「キルクスは……」

「なんだ？」

「俺が、女だったらよかったのにとか、思わないのか？」

「女？」

心底不思議そうな顔をされて、なんとなくいたたまれないような気持ちになる。

「だ、だから、その、Ωも女の人っているわけだろ？　だったら、そっちのほうが……その、胸だって、あるだろうし」

わずかな沈黙《ちんもく》ののち、キルクスは冬弥の言葉にため息をついた。

「そうか、お前のいた世界には男と女しか性別がないんだったな。それなら、そういう考えが生まれることもあるのかもしれん。だが……」

「んっ」

「俺にとっては、お前ほど魅力《みりょく》のある相手はいない。この胸も」

まだ尖っていない乳首の周りを、キルクスの指が円を描《えが》くように撫でる。それに呼応するように、乳首が固く尖る。

「敏感《びんかん》でかわいいと思っている」

「ん、ぁ……っ」

親指と中指で乳首を摘《つま》まれ、人差し指でくりくりと弄《いじ》られて、腰の奥にじわりと快感が伝わった。

「ほら、お前はここが弱い」

「そんなこと……」

ない、と言い切れないのは、今もこうして弄られているだけで、足の奥がとろりと濡れていくのを感じているからだ。

ずっと男としてだけ、生きてきた冬弥にはどうにも慣れない感覚だが、それが快感によって起きていることは分かっている。

けれど、弱いことを肯定《こうてい》するのはどうにも恥ずかしい場所だった。

だが、そうして何も言わずにいると、キルクスは指だけでなく、舌でもそこを弄り始める。

指で転がしているのとは違《ちが》うほうを、こそげ取ろうとするように舐《な》められて、びくりと腰が跳《は》ねた。

「ほらな？　気持ちよさそうだ」

「っ……ん…っ」

言いながら、指は赤くなった乳首を軽く引っ張り、こよりでも作ろうとしているかのように撫でている。

「気持ち、いい、から……んっ」

ちゅう、と吸い上げられて、無意識に膝《ひざ》を擦《こす》り合わせた。認めればやめるかと思ったが、そうではなく、ますます攻《せ》められた。

「ひ、んっ」

舐められて濡れた乳首を指でそっと撫でられ、今度は先ほどまで指で弄っていたほうに軽く歯を立てられる。

「もう…そこばっかり……っ」

「いやか？　それなら、どうしてほしい？」

訊かれて、冬弥はぐっと言葉に詰《つ》まる。

今まで、何も言わなくても好き勝手したくせに、と思う。けれど……。

「冬弥？」

「あ……んぅ……っ、わ、分かった、言う、から……ぁ」

ほんの少し、ちりりと痛むくらいの力で乳首を引っ張られて、冬弥は羞恥《しゅうち》を押して口を開く。

このまま続けられたら、痛みまでを快感と捉《とら》えてしまいそうで、それはなんだかもっと恥ずかしい気がしたのだ。

けれど、どう言っていいか分からない。仕方なく膝を開き、指で示してみることにした。

もぞもぞと動く冬弥に気付いて、キルクスが起き上がる。

「こ、ここ……に」

軽く膝を立て、内腿《うちもも》に手のひらを滑《すべ》らせる。そして、そっとそこを開いた。

「んっ……」

途《と》端《たん》、とろりと中から粘液《ねんえき》がこぼれ落ちるのを感じて、頬が一際《ひときわ》熱くなる。

「き、キルクスの……を、入れて……いっぱいに、して」

ぐちゃぐちゃにかき混ぜてほしい、と思ったけれどさすがに言えず、口をつぐんでしまう。

だが、キルクスはそれでも十分だったらしい。

「我ながら簡単な男だと思うが」

言いながら、立てた冬弥の右膝の裏を手で掬《すく》い上げるようにして持ち上げる。見れば、すでにキルクスのものは固く立ち上がっていた。

あれが、今から自分の中に入ってくるのだと思うと、腿を押し開いている手が震える。

「あ……」

だが、キルクスはすぐには入れなかった。最初に入ってきたのは指だ。

「んっ、あ、あっ」

まずは解《ほぐ》そうというのだろう。欲しかったものとは違うけれど、中を擦られるとここに来るまでは知らなかった、得も言われぬ快感を覚える。

びくびくと体が弾《はず》むのが止められない。そのたびに、中に入っているキルクスの指を締《し》め付け、濡《ぬ》らす。

キルクスも、それほど待つ気はないのだろう。指の動きは丁寧《ていねい》ではあったが性急で、数もすぐに増やされた。

「あ、んっ、あぁ……っ」

ぐちゅぐちゅと濡れた音を立てて、指がそこを広げながら出入りする。

内壁《ないへき》を擦られるたびに高い声がこぼれた。内腿に添《そ》えていた手はとっくに外れ、シーツを握《にぎ》りしめている。

指をバラバラに動かされるのも、中で広げられるのも、全部が気持ちいい。けれど、やはり、少しずつ、これでは足りないのだと、思い始めてしまう。

「キル、クス……っ、も、もういい、から……太いの……ちょうだい……ぃっ」

恥《は》ずかしいことを口にしていると思う。けれど、もう我慢《がまん》できそうになかった。

「お願い……っ」

「……ああ」

頷《うなず》いて、キルクスはずるりと指を抜《ぬ》き出す。そして、今度は両方の足を抱《かか》え上げられた。

「あ……」

熱いものが、たった今まで指が入っていた場所に、ひたりと押し付けられる。

それだけで、そこが期待にひくつくのが分かる。欲しくてたまらなかったものを、飲み込もうとする。

「冬弥……っ」

「あ、ああ……っ」

指とは比べ物にならない質量が、ゆっくりと中に入り込んでくる。中を押し開きながら、指では届かなかった深い場所までいっぱいにしていくのが分かる。

「あぁ……っ」

「入れただけで、イッたのか？」

「だ、だって……あ…キルクスが、じらすから……っ」

「責めてるわけじゃない。かわいいと、思ってるだけだ」

「あ、やっ…ダメ、待って……今、動いたら……あぁっ」

ゆっくりと腰《こし》を引かれて、絶頂の余韻《よいん》でびくびくと震えていた場所を擦られる。激しい快感に、目の前がチカチカと明滅《めいめつ》する。

「お前の中は、びくびく震えながら締め付けてきて……最高に気持ちがいい」

「い、わなくて、いいっ……あ、あんっ」

今度は深い場所まで突《つ》き入れられて、高い声がこぼれた。

気持ちがよすぎて、おかしくなりそうだ。なのに、キルクスは容赦《ようしゃ》なく、中を攻める。

抜き差しを繰《く》り返し、内壁を擦り、奥を突き上げる。

「だめ……ぇっ、も、あっ、あ、おかしく、なる……っ」

すがるようにキルクスの肩《かた》に手を伸《の》ばし、抱《だ》きつく。止まってほしくてぎゅっと抱きしめると、何を思ったのかキルクスは、冬弥の背に手を回しぐっと抱き上げて……。

「ひ、あぁっ」

角度が変わり、さらに自重で深い場所を貫《つらぬ》かれ、冬弥は幾度《いくど》目かの絶頂を迎《むか》えた。同時に、キルクスが中でイッたのが分かる。膝がぶるぶると震《ふる》え、足の間の、まだ触《ふ》れられていない場所からこぼれた白濁《はくだく》が自分とキルクスの腹を汚《よご》す。

「は、あ、あ……ぁ……」

抱きついていた腕《うで》からも力が抜けて、ぐったりとキルクスに寄りかかる。

だが、これで終わりではないことは、分かっていた。未《いま》だに、キルクスのものは固いまま、冬弥の中を押し広げている。

イッたと思ったのは、間違《まちが》いだったのだろうか？　そんなことは、ないと思うけれど……。

「え、あ……、キルクス……？　何で……っ、あ」

背中に回っていたキルクスの手が離《はな》れ、キルクスがベッドに横たわる。キルクスに寄りかかっていた冬弥はキルクスの腰を跨《また》いだまま、上半身だけをぺたりとキルクスにくっつけている

ような状態だ。

「あ、ん……っ」

キルクスの手が、冬弥の太腿《ふともも》を撫《な》で、ゆっくりと下から突き上げられる。

反射的に逃《に》げようとして、膝に全く力が入らないことに気づいた。

「ひ、あっ、あっ」

揺《ゆ》さぶられるままに声をこぼし、キルクスのものを締め付ける。

「あ、あぁ……っ」

ただ、揺られて、気持ちよくて……。

キルクスに気持ちよくなってほしい。けれど、締め付ければ自分も気持ちよくなって、訳が分からなくなってしまう。

「キルクス……っ」

何とか顔を上げて名を呼ぶと、目が合った。

「なんだ？」

「キルクス、も…き、もち…いい？」

冬弥の言葉に、キルクスが目を瞠《みは》る。

通じなかっただろうか？　舌が縺《もつ》れてうまく喋《しゃべ》れないせいかもしれない。

「んっ……きもちぃの……俺、だけ？」

そう口にした途端、キルクスが唸《うな》るような声を上げた。

「……煽《あお》るなと、何度言えば分かるんだ？」

「え、あ……ひ、ぁっ」

キルクスが起き上がる。当然上に伏《ふ》せていた冬弥も起こされて、そして、そのまま再び押し倒《たお》されたかと思うと、中に入っていたものがずるりと抜かれた。

その刺激《しげき》に体を震わせながらも、どろりと中からこぼれ落ちる感覚に、やはりさっき一度出されていたのだと確信し、安堵《あんど》する。

だが、安堵している場合ではなかったと、冬弥はすぐに思い知らされることになった。

「あ、んっ、あぁ……っ」

体をひっくり返され、そのまま後ろから入れられる。

「ひ、あっあっあっ、あぁっ」

大きな体に背後から覆《おお》いかぶさられて、寝《ね》ころんだままの体勢で何度も奥を穿《うが》たれる。

快感の強さに、体は逃げを打とうとするが、逃げ場がない。

「も、や、ダメ…ぇっ、ひ、あ、あっ」

がくがくと腰が震える。ゆるゆると頭《かぶり》を振《ふ》るが、動きが止まることはない。

「冬弥……っ、冬弥……」

名前を呼ばれて、逃げたくて無意識に伸ばした手を握られる。

自分を責め苛《さいな》んでいるのがこの手の持ち主だと知りながら、冬弥はぎゅっと指に力を入れた。

そうして……。

「あ、あぁ――――……っ」

やがて、再びキルクスが中に欲望《よくぼう》を吐《は》き出すのを感じながら、冬弥もまた、何度目とも知れない絶頂へと、駆《か》け上がっていた……。

「おや、久し振《ぶ》りだね。キルクス」

そう言って、無感動な視線をキルクスに向けたのは、二十代半ばくらいの青年だった。目を瞠るような美形だが、髪《かみ》の色はなぜか金髪《きんぱつ》に緑を混ぜ込んだような不思議な色をしている。手の中には開かれた本があり、どうやら読書の最中だったらしい。勝手に室内にまで入り込んできた客に対して怒《おこ》っている様子はないが、本を閉じようともしなかった。

この青年が、魔法使《まほうつか》いのフィンなのだろう。

レピ島の森の奥に、この家はあった。

ウェナティクス号がレピ島に着いたのは、今朝早くのことだったが、現在はもう正午が近い。馬などもないため徒歩で、途中《とちゅう》で二回ほど休憩《きゅうけい》をはさんで、二人はここまでやってきたのだった。

「元気そうだな」

「君ほどじゃないけどね。そちらが、例のΩかな」

「あの、冬弥と、言います」

頭を下げると、フィンは冬弥を一瞥《いちべつ》し、すぐにキルクスに視線を戻《もど》す。

「別世界の人間を召喚《しょうかん》するとは、本当にあの国は相変わらずのようだ」

あきれたような声に、キルクスは苦笑《くしょう》する。

「それで、僕は異世界へ戻る方法があるのかどうかの講義をすればいいのかい？」

「いや、それはもういい。事情が変わってな。連絡《れんらく》が間に合わず済まない」

キルクスの視線が自分に向いたのを感じて、冬弥はキルクスを見上げる。うれしそうに微笑《ほほえ》まれて、少し恥《は》ずかしくなったが、小さく頷《うなず》いた。

「独り者の前でやめてくれるかな」

「ああ、すまんすまん」

「まぁ、おめでとうと言っておくよ。昔のよしみだ。それで？　用がなくなったのならば、どうしてこんなところまで来たんだい？」

「いや、別の質問ができてな」

「別の質問ねぇ……まぁいいや」

そこまで言って、ようやくフィンは本を閉じ、立ち上がった。

「来たものは仕方ない。茶ぐらいは出そう」

雑然としてはいるものの、どうやら居間らしき場所を抜《ぬ》け、フィンはテラスへと二人を案内してくれた。

テラスのテーブルには、この時間の来訪を知っていたかのように、茶器が用意されている。

「講義の必要はないということだったが、ついでだ。話の枕《まくら》にでも話しておこう。後々知りたくなったなどと言って、また訪ねられては迷惑《めいわく》だしね」

歯に衣《きぬ》着せぬ言葉だが、いやな感じはしない。不思議な人だなと思いつつ、冬弥は頷いた。

「最初に、召喚魔法とは、ある地点から、別の地点へと意識あるものを喚《よ》び出す魔法だ。単なる物質や、死体などを喚ぶことはできない。喚ぶ、というくらいだからね。返事のできる状態でなければならない」

テラスの横の庭で数枚の葉を摘《つ》みながら、フィンは話し始める。

「返事……俺は、返事をした記憶《きおく》はないですけど」

「返事の有無《うむ》は関係ない。意識そのものに作用する。まぁその辺は長くなるし、講義は必要ないということだったから、端折《はしょ》るけれど……」

ポットの中にその葉を入れると、軽く指を振る。別のポットが水で満ちた。

「その召喚魔法には、元の世界に帰れるものと、帰れない――一方通行のものがある」

「えっ、帰れるものもあるんですか？」

思わぬ言葉に、冬弥は目を瞠る。思わずキルクスを見たが、驚《おどろ》いている様子も気まずそうな様子もない。

「もちろんある。喚び出したものを、一定時間後に帰すという術式だ。長時間こちらにいられては都合の悪いものを喚び出すときに使われる。僕の知る限り、最長三日という実験結果がある。それ以上は、術士がもたなくてね。その後研究が進んだ可能性はあるが……今回はそれには当てはまらないだろう。君は、αの番《つがい》にするために喚び出された。数日で帰られたのでは意味がない」

火にかけたわけでもないポットの中の水が、こぽこぽと音を立て始める。葉の入ったポットに注がれると湯気にのって、爽《さわ》やかな香《かお》りが鼻《び》腔《こう》をくすぐった。

「そして、それは召喚した術式に刻まれるものだから、一方通行で喚び出された君を今さら送り返すことは絶対に無理だ」

なるほど。そういうことならば、キルクスの態度も分かる。キルクスはおそらくそれを知っていたのだろう。そして、フィンと同じように、冬弥を喚んだ召喚魔法が、一時的なものではないと理解していたのだ。

「さて、そろそろ茶も飲み頃《ごろ》だ。本題に入ろうか。質問というのは何だい？」

「冬弥の使える魔法について調べてほしい」

キルクスの言葉に、フィンはカップに茶を注いでいた手を一瞬《いっしゅん》だけ止めた。

「魔法？」

驚いて声を上げたのは、冬弥である。

そもそも、もうフィンのもとに来る理由はなくなったはずなのに、キルクスは気になることがあるからと予定通りレピ島へと船を向かわせた。

その『気になること』に関して、キルクスからは魔法について訊《き》きたいことができた、としか聞かされていなかったのだが……。

まさか、自分の使える魔法、なんてものについて訊くつもりだとは思わなかった。

「俺に魔法が使えないこと、キルクスは知ってるだろ？」

「そう思っていたんだが……。どうだ？　分かるか？」

後半は、フィンへの問いだった。

「治癒《ちゆ》魔法だね」

フィンは、茶を注ぎ終わったポットを置いて、各々《おのおの》の前にカップを移動させつつ、あっさりと言う。

「は？」

「やっぱりな」

冬弥は何を言われたのか分からず、ぽかんと口を開けたが、キルクスのほうは納得《なっとく》のいく答えだったのか、頷いている。

「ただ、使い方が分からないのかな。この子の魔力は、今は内側にあって、常に発動しているみたいだ。君はこれまで、怪我《けが》も病気もしたことがないんじゃないかな？」

「え、あ……それは、確かにそう、ですけど」

呆然《ぼうぜん》としつつも頷く。

「それは、君の中の治癒魔法によるものだ。なかなかの魔力量だから、それが発動している限り、君は今後も怪我や病気に無縁《むえん》だろうね」

「はぁ……そう、ですか」

何と言っていいか分からず、冬弥はまじまじと自分の手を見つめてみる。握《にぎ》ったり、開いたりしてみるが、いつも通りの自分の手だ。
中で魔法が発動していると言われても実感はない。

「ところで、キルクスはどうして気づいたのかな？　君は、魔法感知は苦手だと思っていたんだけれどね」

魔法感知という言葉は初めて聞いたけれど、響《ひび》きからすると魔法を感じ取る力、みたいなものなのだろうか。キルクスが、自分に魔力があると感じたというなら、確かに気になる。冬弥もキルクスを見つめた。

「この前、ちょっとした怪我をしたんだが、冬弥を抱《だ》いたあとに傷が消えていることに気づいてな」

「っ……」

抱いたあと、などという言葉に、冬弥は一瞬にして顔が熱くなる。しかし、フィンは気にした様子もなく「なるほど」と頷いていた。

「文字通り彼の中に入ったわけだしね。影響《えいきょう》を受けたとしてもおかしくはないな」

「うう……」

中に入った、などと言われてますます頰《ほお》が火《ほ》照《て》る。恥ずかしさといたたまれなさに文句の一つも言いたかったが、堪《こら》えてカップに口をつけた。

「見せてくれるかい？」

「ああ、ここなんだが……」

「へぇ、跡形《あとかた》もないじゃないか」

フィンはキルクスの腕《うで》を見て、感心したような声を上げる。

確かに先日の戦闘《せんとう》でついたはずの傷が治っていた。そのこと自体には気づいていたが、てっきり思ったよりも浅い傷だったのかと考えていた。治ったのが、自分のせいだというのは、まったく実感が湧《わ》かない。キルクスの怪我が治ったこと自体は喜ばしいとは思うけれど……。

いや、もしそれが本当なら……。

「あ、あの、フィンさん」

「うん？　なんだい？」

「俺の中に、治癒魔《ま》法《ほう》があるっていうのは、間《ま》違《ちが》いないんでしょうか？」

「疑ってるのかい？」

「い、いえそうじゃなくて！　俺は、魔法なんてない世界から来たので……疑ってるとかじゃなくて、信じられないっていうか……」

言いながら、これでは何の弁解にもなっていないなと思う。言いたいことはそれではなかった。

もしも、本当に治癒魔法が自分の中にあるとして……。

「あの、その、だっ……抱かれたら、とかじゃなくて、普《ふ》通《つう》に使えるようにもなるのかなって……そう、思って」

いくら治療《ちりょう》できると言っても、抱かれればなどという条件では対象はキルクスだけになってしまう。

だが、もしも普通に使うことができたら、船員たちの怪我も治せるようになるはずだ。

「まぁ、練習次《し》第《だい》だろうね」

フィンはそう言ってカップを持ち上げる。

「魔法のない世界から来たと言ったね。これまで君の魔法は、出口があることすら知らなかった。知ることは、第一歩だ。放出の仕方は感覚で摑《つか》むほかないけれど、それほど難しくはない」

「そうなんですか？」

今の自分からは想像もつかないが……。

フィンは頷《うなず》いてカップに口をつけると、再び口を開いた。

「問題はむしろ、放出量の調整だろうね。魔法を使える人間は、子どものうちから訓練させられる。けど、子どもは使える魔力量自体が少ないから、それほど大変なことはない。君はもう、大人だし、そのあたりが一番問題になるだろうけれど……治癒魔法でよかったね。少なくとも暴走したところで、君以外には被害《ひがい》が出ない」

　確かに、今の話からすると、使えるのが水魔法や火魔法、風魔法などだったら、大変なことになりそうだ。

「冬弥への被害？」

　だが、ほっとした冬弥とは裏腹に、キルクスは軽く眉《まゆ》を顰《ひそ》めた。

「魔力暴走による魔力切れ。使い切ってしまえば、しばらく起き上がれない。君だって経験あるだろう？」

「まぁ、あるな」

　フィンは何でもないことのように言い、キルクスもそういうことか、というように頷く。

「それだけか？　それ以外に体に影響はあるか？」

「うーん、倒《たお》れている間は病気にもなるし、怪我もするだろうね。魔力が戻《もど》れば完治する見込みが高いから、たいして心配はいらないけれど、戦闘中に魔力切れを起こした場合、危険がないとは言い切れないかな」

「あ、あの、しばらく起き上がれないって、どれくらいですか？」

「短ければ半日くらいかな。長ければ二日ほど。個人差もあるし、状況《じょうきょう》次第でもある。どうしても知りたければ、まずは使い切ってみるってのも手かもね」

「はぁ……」

そういうものなのか。

けれど、なんにせよ不可能ではないらしい。

「練習って、どうすればいいんでしょうか？」

「うーん、どうすれば、か。そんな質問は僕じゃなくて、キルクスにすればいいと思うよ。彼も僕ほどじゃないが、なかなかの使い手だ」

呟《つぶや》いて、フィンはちらりとキルクスを見た。つられるように、冬弥もキルクスを見つめる。

「使えるようになりたいのか？」

「ああ」

キルクスに、冬弥は大きく頷く。

「だって、俺が治癒魔法使えたら、船のみんなが怪我したときも安心だし……俺も仲間のためになんかできるようになれたら、うれしいから」

「――そうか」

キルクスは、驚《おどろ》いたように目を瞠《みは》り、それからぎゅっと冬弥を抱《だ》きしめた。

「きっ、キルクス!?」

「お前があいつらを、仲間だと言ったことがうれしい」

蕩《とろ》けそうな、幸福の滴《したた》るような声で、キルクスが言う。

突然《とつぜん》抱きしめられたことに驚いていた冬弥の胸の奥が、甘く捩《よじ》れた。

「……独り者の前でやめてくれるかな」

フィンの呆《あき》れたような声に、冬弥は慌《あわ》ててキルクスの胸を押し返す。

「す、すみません」

けれど、そう謝罪して頭を下げながらも、口元には隠《かく》し切れない笑《え》みが、浮《う》かんでいた。

以前キルクスが船に乗っている者たちを家族と言ったことを思い出す。

冬弥も含《ふく》めて、と。

正直、まだそこまでは思えない。

自分にとっての家族はやはり、亡《な》くなった父母だ。

だが、キルクスは番《つがい》で、そのキルクスが家族と言うのだ。自分にもきっといつか、そう思える日が来るだろう。

今は、そう信じられた……。

あとがき

はじめまして、こんにちは。天野《あまの》かづきです。この本をお手にとってくださって、ありがとうございます。

このところ蒸《む》し暑い日が増えてきましたが、皆様《みなさま》ご健勝でしょうか。わたしは気圧のせいでどうにもぼんやりするので、漢方薬とか飲んでいます。少しでも効いてくれるといいのですが、今日二時間仮眠《かみん》するつもりで六時間寝《ね》ていたのでダメかも分かんないですね……これは。

さて、今回のお話についてですが、なんと今回はオメガバース&海賊《かいぞく》&異世界トリップと、盛りだくさんの内容です。

ストーカーから逃《に》げる途中《とちゅう》で池に落ちたはずなのに、大海原《おおうなばら》で救出された受。訳が分からないうちに発情し、αである海賊船の船長に番《つがい》にされてしまう。そこで初めて、自分がΩであることを知り……みたいなお話となっております。

魔法《まほう》のある世界で海賊ということは、空を飛べても大量の物資運搬《うんぱん》には海路のほうがすぐれているのかなとか、ものを移動させるような空間転移的な魔法はないのかなとか、頭の中でいろいろ考えるのは楽しかったです。あと、航海中の食事について調べていたら、食事に出す乾《かん》パンに虫がたかっていた場合、食べる前にテーブルに乾パンを打ちつけて虫を追い出して食べる……みたいな記述を読んでしまって、こんなの絶対やだぁああと思い、私的な見解からこの世界には冷蔵庫みたいなものがあることにしようと考えたり……。ファンタジーでよかった。

イラストは、蓮川愛《はすかわあい》先生が引き受けてくださいました！
表紙のキルクスがめちゃくちゃかっこよくて大興奮しました。実はハーフグローブ（っていうのかな……手首が出てるタイプの短い手袋《てぶくろ》）が好きなので、それもうれしかったです。冬弥の項《うなじ》もばっちり歯形が分かるように見せてくださって、思わずにこにこしてしまいました。

本当にいつも素敵なイラストをありがとうございます。

あと、実はこのお話、続編を出させていただけることが決定しております。

現在執筆《しっぴつ》中なのですが、発売はおそらく二〇二〇年の年末頃《ごろ》かと思います。頑張《がんば》って書いておりますので、ぜひ刊行の折にはお手にとっていただければ幸いです。

続けてお知らせを……。

現在、陸裕千景子先生が漫画《まんが》を描《か》いてくださった『獣王《じゅうおう》のツガイ』のコミックスが、絶賛発売中です。

そのうえ、なんと二〇二〇年八月二十八日発売予定「エメラルド夏の号」より、『蛇神様《へびがみさま》と千年の恋《こい》』のコミカライズを始めていただけることが決定しましたー！　わーいわーい！　もちろん漫画は、小説でもイラストを引き受けてくださった陸裕先生が、引き続き担当してくださっております。

一話のネームを拝見しましたが、やはり自分の書いた話が漫画になるというのは、感動します。可愛かったりクスッとしてしまったりするシーンなどもあって、正直原作以上におもしろいのではないかと思います……！　皆様も、ぜひ「エメラルド夏の号」にてご覧になってみてくださいね。

そしてよろしければ、この機会に原作のほうも手にとっていただけるとうれしいです。

担当の相澤さんには今回も大変お世話になりました。ＰＣの不調などもあり、現在も進行形で迷惑《めいわく》をかけまくっているのですが、今後ともどうかよろしくお願いします。お体には気をつけてください……。

最後になりましたが、この本を手にとってくださった皆様、本当にありがとうございました。

大変なことも多いと思いますが、読んでいる間に少しでも楽しい気持ちになっていただけたなら、これ以上にうれしいことはありません。

では、皆様のご健康とご多幸を、心からお祈《いの》りしております。できればまた次巻で、お目にかかれれば幸いです。

二〇二〇年　七月

天野かづき

KADOKAWA
RUBY BUNKO

海賊《かいぞく》のツガイ

天野《あまの》かづき

角川ルビー文庫　22316

2020年９月１日　初版発行

発行者——青柳昌行
発　行——株式会社KADOKAWA
〒102-8177　東京都千代田区富士見2-13-3
電話 0570-002-301（ナビダイヤル）
編集企画——IPクリエイション事業本部　エメラルド編集部
印刷所——株式会社暁印刷
製本所——株式会社ビルディング・ブックセンター
装幀者——鈴木洋介

ISBN978-4-04-109797-7　C0193　定価はカバーに表示してあります。

前世で読んだ
物語の中に転生!?
ドラマチック・
ファンタジー登場!!
角川ルビー文庫
勇者の恋愛
天野かづき
illustration
蓮川愛
KADOKAWA
前世で読んだ物語の中に転生したことに
気づいたアイル。
大好きだった騎士のグレンが、
物語通りだと命を落としてしまうことに
気づいたアイルは、
運命を変えるため勇者として旅立つが…!?
大好評発売中!

天野かづき
illustration
蓮川愛
角川ルビー文庫
KADOKAWA
火竜の恋愛
お前が俺の、唯一のツガイだ。
異世界転生&異類婚姻譚!!
この世界が前世で読んだ児童書の世界に似ていると思っていたアルセ。
物語通り生け贄に選ばれた双子の妹の身代わりとなる決意をするが…!?
大好評発売中!